# 오이대왕

Wir pfeifen auf den Gurkenkönig
by Christine Nöstlinger

# 오이대왕

크리스티네 뇌스틀링거 지음

유혜자 옮김

# 글을 시작하기 전에 한마디!

할아버지는 우리들 가운데 누군가 그 사건을 글로 써야 한다고 말했다. 맞는 말이다.

마르티나 누나는 자기가 쓰겠다고 나섰다. 하지만 지금까지 누나가 한 일이라곤 분홍색 종이 한 묶음과 타자기에 끼울 초록색 카트리지 밴드를 사 온 것이 전부다. 누나는 글을 어떻게 쓸지 구상하는 것이 무척 어렵기 때문에 아직 쓸 수 없다고 했다. 글이란 짜임새 있는 구성이 무엇보다도 중요하다고 누나 국어 선생님이 그러셨다나?

난 그까짓 작문 원칙 따위에는 신경 쓰고 싶지 않다. 마침 발에 석고 붕대를 감고 있어서 어차피 수영도 못 할 테니 그 이야기는 내가 쓸까 한다.

우리 가족을 소개한다. 갑자기 부엌에서 이상한 소리가 난다. 신문사 편집장은 시큰둥한 반응을 보였다. 사진기 다섯 대로 찍어 보았지만 사진에 찍히지 않는다.

1

그 일은 훨씬 오래 전에 시작되었다. 하지만 우리가 그 일을 알게 된 것은 지난 부활절 아침 식사 때였다. 갑자기 요란한 소리가 울렸다. 나는 부엌에서 뭔가 넘어진 모양이라고 생각했다. 엄마가 부엌으로 달려갔다가 나오더니 부들부들 떨었다. 그리고 우리는…….

참, 먼저 우리를 소개하고 넘어가는 게 좋겠다. 여기에서 우리란 할아버지 그리고 엄마 그리고 아빠 그리고 마르티나 누나 그리고 닉 그리고 나를 말한다.

할아버지는 올해 일흔 살이 되었고, 뇌졸중 때문에 다리 한쪽이 마비되었으며, 입은 비뚤어졌다. 입은 비뚤어졌어도 지혜로운 말은 많이 한다. 입이 반듯한 사람들보다 훨씬 더 자주 한다. 할아버지는 우리 아빠의 아빠다.

아빠는 마흔 살이고, 자동차 보험 회사에서 과장으로 일한다. 하지만 아빠가 맡고 있는 부서는 규모가 아주 작은 것 같다. 엄마가 그러는데 아빠가 회사에서 마음대로 부려 먹을 수 있는 아랫사람이래야 기껏 세 사람 정도일 거란다. 할아버지도 그래서 아빠가 집에서 그렇게 소리를 지르는 거라고 종종 말한다.

엄마도 마흔 살이다. 겉으로 보기에는 나이보다 훨씬 더 젊어 보인다. 머리는 염색을 해서 금발이고, 몸무게도 50킬로그램밖에 되지 않는다. 엄마는 대체로 기분이 좋은 편이다. 하지만 끝없이 우리들 뒤치다꺼리나 하고 있다면서, 다시 직장을 구해 나갈 테니 우리끼리 고생 좀 하라며 짜증을 내기도 한다.

마르티나 누나는 고등학교 1학년이다. 날씬하고 머리는 금발이다. 염색한 것이 아니라 진짜 금발이다. 누나는 앞머리를 너무 길게 늘어뜨리고 다니기 때문에 앞쪽을 잘 보지 못한다. 누나는 같은 반에 알렉스 베르거라는 남자친구가 있다. 아빠는 머리가 길다는 이유로 알렉스 형을 싫어한다. 그러나 엄마는 마르티나 누나가 반에서 공부를 가장 잘하고, 어차피 첫사랑이 결혼까지 이어지는 것도 아니니까 괜찮다고 한다. 다른 여학생들과 비교해 보았을 때 누나는 남자친구라면 사족을 못 쓰는 그런 바보는 아니다.

　닉은 우리 집 막내둥이다. 닉은 요즘 학교에서 '2 곱하기 2'를 배우고 있다. 그런 것쯤은 닉이 이미 3년 전에 다 알게 된 것인데 말이다. 얼마 전 녀석이 수학 시간에 자리에서 벌떡 일어나 "안녕히 계세요."라는 말만 남기고 밖으로 나가 버려 큰 소동이 일어난 적이 있었다. 그 날 닉은 집으로 곧장 오지 않고 목수인 후베르트 할아버지를 찾아갔다. 그리고 그 곳에서 대팻밥을 쓸어 모으는 일을 했다. 커서 목수가 되고 싶다나? 닉의

8

　선생님이 엄마에게 전화를 걸어 행동발달상황에 '나'를 하나
받게 될 거라고 했다.

　드디어 내 차례다. 내 이름은 볼프강이고, 나이는 열네 살이
다. 중학교 1학년에 재학 중이다. 누나는 내 외모가 불량스럽
다고 한다. 남들한테 어떻게 보이든 상관은 없다. 멋있게 보이
고 싶은 생각이야 많지만 어차피 그렇게 될 수도 없다. 그래
서 5천 실링이나 주고 맞춘 치아 교정기도 잘 끼고 다니지 않

는다. 이가 고르게 되더라도 어차피 마찬가지일 것이기 때문이다.

나는 얼마 전까지만 해도 모범생이었다. 하지만 하슬링거 선생님이 담임을 맡은 뒤로 미움을 많이 받고 있다. 선생님은 나에게 수학과 지리 과목 모두 40점을 주었다. 내가 제일 좋아하는 과목은 수영이다. 수영 클럽에도 들어 있다. 코치는 내가 열심히만 하면 앞으로 2년 안에 배영 청소년 국가 대표 선수가 될 수 있을 거라고 했다.

우리는 정원이 딸린 주택에 산다. 3년 전에 이사 왔다. 엄마는 이 집을 사느라 진 빚을 아빠가 다 갚고 나면 호호백발 노인이 될 거라고 한다. 그래서 우리는 돈을 아껴 써야 한다.

할아버지는 연금을 타면 우리에게 신발과 옷을 사 준다. 할아버지는 우리가 고르는 옷에 프랑스 국기가 그려져 있든, 무하마드 알리가 찍혀 있든 전혀 상관하지 않는다. 그리고 바지를 살 때 커서도 입으라고 서너 치수 더 큰 것을 사 주거나 하지도 않는다. 지난여름에는 누나에게 무늬가 야한 비키니를 사 주기도 했다. 속도 제법 많이 비쳤다. 아빠는 그걸 보고 몹시 화를 냈다.

"아예 홀딱 벗고 다녀라, 홀딱!"

그렇게 소리치는 아빠를 보고 할아버지가 빙그레 웃으며 말했다.

"내 아들이 농담을 할 때도 다 있구나."

아빠는 화가 단단히 난 것 같았지만, 우리가 있는 자리에서 할아버지와 다투고 싶지는 않은지 꾹 참는 눈치였다. 그 대신 부엌으로 가서 엄마를 나무랐다. 하지만 엄마도 요즘 여자아이들은 모두 그런 비키니를 입는다며 맞섰다.

이 정도면 우리 가족 소개는 충분하리라고 생각한다. 이제 부활절 아침에 일어났던 일로 돌아가 보자.


그러니까 그 때, 지난 부활절 연휴의 일요일 아침 식사 때, 부엌에서 나온 엄마는 온몸을 부들부들 떨고 있었다. 어찌나 심하게 떨었는지 엄마를 보고 기겁한 마르티나 누나가 부활절 달걀을 커피 잔에 빠뜨렸다.

"어멈아, 무슨 일이냐?"(할아버지는 엄마를 늘 '어멈'이라고 부른다.)

그 때 다시 '쾅' 하는 요란한 소리가 났다. 아빠는 곧바로 "닉, 좀 조용히 해!" 하고 신경질적으로 소리쳤다.

보통 우리 집에서 그런 짓을 할 사람은 닉뿐이지만, 이번에는 닉이 아니었다. 소리는 부엌에서 났다. 닉은 자기가 한 짓이 아니라며 울먹였고, 마르티나 누나는 얼떨결에 커피에 빠뜨린 달걀을 숟가락으로 꺼냈다. 엄마는 여전히 부들부들 떨면서 "부엌에, 부엌에……."라는 말만 되풀이했다. 우리는 도대체 부엌에 무슨 일이 난 거냐고 물었다. 하지만 엄마는 끝내 대답하지 못했다. 그러자 할아버지가 가장 먼저 일어나 부엌으로 갔다. 마르티나 누나와 닉과 나도 따라갔다. 나는 아마 수도관이 터졌거나, 가스레인지 뒤에서 생쥐가 찍찍거리거나 엄청나게 큰 바퀴벌레가 기어다니고 있을 거라고 상상했다. 엄마가 그런 것들을 끔찍이 싫어하기 때문이었다. 하지만 수도관이 터진 것도 아니고, 생쥐나 바퀴벌레도 없었다. 우리들은 모두 넋을 잃고 멍청히 앞쪽만 바라보았다. 뒤따라온 아빠도 마찬가지였다.

그러다가 우리 모두의 눈이 한 곳에 고정되었다. 부엌 식탁 위에 뭔가 이상한 것이 앉아 있었는데, 길이가 50센티미터 정도 되었다. 만약 눈, 코, 입, 팔, 다리가 달려 있지 않았다면 우리는 그것이 커다랗고 통통한 오이거나, 중간 크기의 가느다란 호박이라고 생각했을 것이다. 그것은 머리에 왕관을 쓰고 있었다. 뾰족한 곳마다 빨간 보석들이 박혀 있는 황금 왕관이었다. 손에는 면 장갑을 끼고 있었고, 발톱에 빨간색 페디큐어까지 발라져 있었다.

그 호박-오이-왕관 같은 것이 우리를 보더니 고개만 까딱하고는 가느다란 다리를 포개며 낮은 목소리로 말했다.

"짐은 트레페리덴 왕조의 쿠미-오리* 2세 대왕이다."

---

* 성경의 이사야 60장 1절의 한 구절. '일어나라, 빛을 발하라'라는 뜻의 히브리어 Kumi, Ori에서 따 왔다. 예언자 이사야가 폐허가 된 예루살렘을 향해 메시아의 새 시대가 도래할 것을 예견하며 외친 말.

다른 사람들의 반응이 어땠는지는 미처 보지 못했으므로 자세히 설명할 수 없다. 내가 너무 놀랐기 때문이다.

나는 말도 안 되는 일이라는 생각도 하지 못했다. 그것이 이상하게 생겼다는 생각도 하지 못했다. 그냥 아무 생각이 없었다. 아무 생각도. 내 친구 조 후버는 이런 때 "머리가 서 버렸다!"라고 표현했을 것이다.

다만 아빠가 "안 돼!"라는 말을 연거푸 세 번 외쳤던 것은 뚜렷하게 기억에 남는다. 처음에는 아주 크게, 두 번째는 보통, 세 번째는 아주 작은 소리로. 아빠는 늘 한번 안 된다고 한 것은 끝까지 안 되는 거라고 말한다. 하지만 이번만큼은 안 된다는 아빠의 말이 아무 효력도 발휘하지 못했다. 오이대왕은 식

탁 위에 앉은 채 꼼짝도 하지 않았다. 그리고 오이 같은 배 위에 양손을 포개 놓고 좀 전에 했던 말만 되풀이했다.

"짐은 트레페리덴 왕조의 쿠미-오리 2세 대왕이다."

어쨌든 먼저 흥분을 가라앉힌 사람은 할아버지였다. 할아버지는 쿠미-오리 2세 대왕에게 다가가 몸을 숙이고 이렇게 말했다.

"이렇게 뵙게 되어 반갑습니다. 내 이름은 호겔만이오. 이 집의 할아버지 되는 사람이올시다."

오이대왕은 오른팔을 뻗어 할아버지의 코 밑에 바짝 댔다. 할아버지는 면 장갑을 끼고 있는 대왕의 손을 보았지만 뭘 어쩌라는 건지는 알아채지 못했다.

엄마는 손이 아프니 찜질을 해 달라는 것이 아니냐고 했다. 엄마는 누군가 아프기만 하면 찜질을 해 주거나 약을 발라 주거나 붕대를 감아 줘야 한다고 생각하는 버릇이 있다.

그렇지만 오이대왕은 찜질을 원한 것이 아니었다. 그의 손은 아주 멀쩡해 보였다. 그는 장갑을 끼고 있는 손을 할아버지 코 밑에 바짝 댄 채 이렇게 말했다.

"짐의 손에 입을 맞추라!"

할아버지는 오이대왕의 손에 절대로 입을 맞출 수 없다고 잘라 말했다. 그런 건 아주 멋진 여자에게나 하는 건데, 쿠미-오리 대왕은 예쁜 여자가 아니기 때문이라는 거였다.

쿠미-오리 대왕의 오이 같은 몸에 누르스름한 반점이 생기더니 대왕이 몹시 불쾌한 표정을 지었다.

"누가 감히 짐의 말을 거역하는가!"

할아버지는 마음에 들지 않는 사람을 볼 때면 늘 그렇게 하듯이 오이대왕을 물끄러미 바라보았다. 그제야 오이대왕은 식식거리던 것을 멈추고 왕관을 고쳐 쓰며 이렇게 말했다.

"짐은 반란으로 내쫓긴 몸이다. 이 곳에 잠시 정치적 망명을 청하노라!"

오이대왕이 다시 말을 이었다.

"짐이 흥분했더니 몹시 고단하다!"

그러고는 하품을 하고 빨간 단추 같은 눈을 스르르 감더니 할아버지가 텔레비전을 보다가 졸 때처럼 이내 머리를 끄덕였다. 그러면서 이렇게 중얼거렸다.

"짐에게 이불을 덮어 주고, 편안한 잠자리를 대령하라!"

닉이 자기 방으로 뛰어가 낡은 장난감 유모차를 끌고 왔다. 마르티나 누나가 그 안에 있던 잡동사니들을 모두 꺼냈다. 말라비틀어진 빵 부스러기, 젤리 세 봉지, 곰팡이가 핀 오이 피클과 닉의 양말 한 짝이 나왔다. 그리고 벌써 3주 전부터 찾고 있던 내 학생증도 나왔다. 자두 씨는 유모차 안에 그대로 두었다.

벌써 잠이 든 오이대왕이 식탁에서 떨어지려고 했기 때문에 내가 붙잡아 주어야만 했다. 오이대왕을 만지니 느낌이 아주 특이했다. 꼭 비닐 봉지 안에 든 밀가루 반죽을 만지는 것 같았다. 징그러운 느낌이었다. 내가 잠든 오이대왕을 유모차에 눕혔고 엄마는 그를 식탁보로 덮어 주었다. 그런 다음 엄마가 보석이 박혀 있는 그의 왕관을 냉장고의 냉동칸에 집어 넣었다. 우리는 그 행동이 이상한 줄도 몰랐다. 그것만 보더라도 우리가 얼마나 정신이 없었는지 알 수 있을 것이다.

오로지 닉만 흥분하지 않았다. 그 애는 워낙 무슨 일이 일어나더라도 놀라는 법이 없다. 심지어 자기 침대 밑에 사자가 여섯 마리, 코끼리가 한 마리, 난쟁이 요정이 열 명 있다고 주장하는 녀석이다. 침대 밑에 난쟁이 요정이 있다고 믿는 아이니까 오이대왕을 보고 놀랄 까닭이 없다.

닉은 장난감 유모차를 베란다로 밀어 놓고 그 곁에 앉아 오이 같기도 하고 호박 같기도 한 그것에게 노래를 불러 주었다.

"잘 자라, 내 아기, 내 귀여운 아기……."

쿠미-오리 2세 대왕은 일요일 내내 잠만 잤다. 숨을 고르게 쉬었고 코도 약간 골았다. 아빠는 평소에 구독하고 있는 신문의 신문사에 전화를 걸었다. 하지만 부활절 연휴이기 때문에 편집부에는 아무도 없고 수위만 근무 중이었다. 수위는 껄껄 웃으며 그런 이야기라면 기다렸다가 내년 만우절에나 하라고 했다.

"그렇게 말하는 법이 어딨어요? 나중에 그 값을 톡톡히 치르게 될 테니 두고 보시오!"

아빠는 고래고래 소리치고는 수화기를 요란하게 내려놓았다. 그런 다음 아랫사람을 상대하기보다는 윗사람과 직접 통화하는 것이 백 번 낫다면서 편집장 집에 전화를 걸겠다고 했다.

내가 신문을 찾아왔다. 누나는 편집장의 이름을 두 번이나 확인했다. 이름에 '우' 자가 두 개나 들어 있는 '도우코우필'이라는 특이한 이름이었다.

아빠가 전화번호부를 가져다 찾아보았더니 요세프 도우코우필이 열 명이나 되었다. 한 사람은 재단사였고, 한 사람은 수출업자였고, 한 사람은 미용사, 또 한 사람은 의사였다. 나머지 도우코우필 중에 두 사람은 짐머링에 살고 있었다. 아빠는 짐머링은 가난한 사람들이 사는 곳이기 때문에 신문사 편집장이 거기 살지는 않을 거라고 했다. 결국 남은 네 명에게 전화를 걸기로 했다. 두 집은 아무도 전화를 받지 않았다. 세 번째로 전화를 건 집에서는 어떤 여자가 받았다. 그 여자는 요세프 도우코우필이 자기 아들인데 낚시하러 갔으며, 아들이 신문사 편집장이라면 더없이 좋겠지만 샤누아 바에서 피아노를 치며 산다고 했다. 마지막 남은 도우코우필이 우리가 찾던 바로 그 사람이었고, 전화도 그가 직접 받았다. 아빠는 그에게 오이대왕에 대해 자초지종을 말한 다음 기자에게 빨리 연락해서 사진기자와 함께 찾아오면 특종이 될 거라고 했다. 하지만 편집장도 조금 전의 수위처럼 아빠 말을 전혀 믿으려고 하지 않았다. 아빠는 화가 나서 얼굴이 새하얗게 질린 채 수화기를 내려놓았다.

"뭐라고 하던?"

할아버지가 물으며 입가에 미소를 지었다.

아빠는 너무 천박한 말이라서 아이들 있는 자리에서는 차마 입에 올릴 수 없다고 했다. 하지만 편집장이 워낙 큰 소리로 말했기 때문에 우리도 그 말을 다 듣고 말았다.

할아버지는 품위 있는 신문사의 덕망 있는 편집장이 그렇게 천박한 말을 할 줄은 미처 몰랐다며 화를 벌컥 냈다. 하지만 실제로 화를 낸 것은 아니었다. 단지 아빠를 더 화나게 만들 생각으로 그랬던 거였다. 아빠와 할아버지는 신문 때문에 자주 언쟁을 벌인다. 할아버지가 싫어하는 신문을 아빠가 구독하고 있고 아빠가 싫어하는 신문을 할아버지가 구독하기 때문이다.

엄마는 할아버지가 구독하는 신문의 신문사에 전화를 하겠다고 말했지만 아빠가 반대했고 할아버지도 역시 마찬가지였다. 할아버지는 당신이 구독하고 있는 신문은 쫓겨난 오이 덩어리를 취재하는 일보다 훨씬 더 중요한 사건을 다뤄야 할 거라고 했다.

엄마는 흥분한 나머지 고기를 구워야 한다는 것을 까맣게 잊고 있었다. 오븐에 불을 붙여 놓지 않았기 때문에 돼지고기는 점심때가 다 되었는데도 여전히 생고기였다. 우리는 할 수 없이 빵과 소시지 그리고 전날 먹었던 감자 샐러드를 먹었다.

아빠한테는 사진기가 다섯 대나 있다. 사진 찍는 일이 아빠의 유일한 취미 생활이다. 가장 최근에 구입한 것은 사진을 찍고 30초만 지나면 컬러 사진이 나오는 사진기다. 아빠가 그 사진기를 들고 베란다로 나가 오이대왕을 찍었다. 편집장에게 오이대왕의 사진을 보내기 위해서였다. 하지만 오이대왕의 모습은 사진 어느 곳에도 나타나지 않았다. 텅 빈 장난감 유모차와 베란다에 있는 탁자 다리만 나올 뿐이었다. 아빠는 다시 찍고 또 찍었다. 하지만 여전히 장난감 유모차만 사진에 나왔다.

아빠는 라이카 카메라를 꺼내 오고 롤라이플렉스와 일본 카메라까지 꺼내 와 잠에 빠진 오이대왕에 대고 정신없이 셔터를 눌러 댔다. 플래시를 터뜨리기도 하고 터뜨리지 않기도 하면서 찍어 보았다. 흑백으로도 찍었고, 컬러 필름으로도 찍었다. 9밀리미터 필름으로도 해 보고 23밀리미터 필름으로도 해 보았다. 그리고 필름을 세탁실에서 인화하고 특수 촉매를 이용해 보기도 하고 확대도 해 보았다. 그렇지만 아무리 크게 확대해 보아도 오이대왕의 모습은 전혀 나오지 않았다.

저녁때가 되자 세탁물 통은 텅 빈 장난감 유모차와 탁자 다리만 찍힌 사진들로 가득 찼다.

할아버지가 오이대왕이 사진에 찍히지 않는 이상한 물체라고 하자 엄마는 이렇게 말했다.

"그렇다면 신문사나 방송국에 전화를 걸 필요도 없겠군요. 사진으로 찍어서 특종을 만들지 못한다면 어차피 사람들의 관심도 끌지 못할 테니까요."

대왕이 왜 왕관을 그렇게 소중히 다루는지 알게 된다. 지하실이 단순히 감자를 저장하기 위해 있는 것만은 아니라는 것도 알게 된다. 우리 가족의 의견이 분분하다는 것도 드러난다.


2


저녁 식사 시간이 되어도 쿠미-오리 대왕은 여전히 쿨쿨 잠을 잤다. 우리는 텔레비전에서 형사물을 보았다. 아빠는 장난감 유모차에 누워서 자고 있는 손님 때문에 어찌나 정신이 없었던지 우리가 그런 프로그램을 보는데도 나무라지 않았다.

형사 반장이 범인 뒤를 쫓아 배수관 뚜껑을 막 열려고 할 때 베란다에 있던 장난감 유모차에서 덜거덕거리는 소리가 났다. 오이대왕이 잠에서 깨어난 것이다. 닉이 유모차를 거실로 끌고 왔고, 할아버지는 텔레비전을 껐다.

오이대왕이 고함을 질렀다.

"짐의 왕관은 어디에 있느냐? 짐은 왕관이 필요하다!"

오이대왕은 몹시 당혹스러워하며 머리를 움켜잡았다.

　왕관을 어디에 두었는지 금방 생각이 나지 않았다. 한참이
지나서야 닉이 엄마가 너무 흥분한 나머지 왕관을 냉동실에
집어 넣었다는 것을 기억해 냈다. 닉이 얼른 왕관을 꺼내 왔다.
왕관은 아주 차가웠다. 누나가 왕관을 씌워 주자 오이대왕은
비명을 질렀다. 그래서 아빠가 라이터로 왕관을 덥혀 주었다.
그러자 이번에는 왕관이 너무 뜨거워졌다.

　그런 소동이 벌어지는 동안 오이대왕은 왕관이 없으면 홀딱
벗고 있는 것 같아 아무 생각도 할 수 없다며 왕관을 얼른 달라
고 계속 야단법석을 떨었다. 마침내 오이대왕이 머리에 써도
좋을 만큼 왕관이 미지근하게 되었다. 오이대왕은 왕관을 머

리에 쓰더니 아빠가 평소에 앉는 의자 위로 기어 올라갔다. 그리고 양손을 배 위에 포개 놓고 아빠에게 물었다.

"많이 놀랐는가? 짐이 누구이고 무엇을 원하는지 말해 주어야 되는고?"

아빠가 고개를 끄덕였다.

"왜 자꾸만 자기를 '짐'이라고 하는 거예요? 신하도 없이 자기 혼자 달랑 와 있으면서!"

누나가 묻자 아빠는 지체가 높기 때문이라고 대답했다. 그래도 누나는 도무지 이해되지 않는다는 표정을 지었다.

엄마가 보충 설명을 했다.

"왕은 보통 사람들과 다르니까 자기를 부를 때 '나'라고 안 하고 '짐'이라고 하는 거야. 그리고 우리가 그런 사람에게 말을 할 때는 '너'라고 하지 않고 '전하'라고 하고, 그런 사람이 보통 사람을 부를 때도 '너'라는 말 대신 '그대'라고 하지."

누나는 여전히 이해가 되지 않는다고 했고 나 역시 마찬가지였다.

그러자 할아버지가 우리에게 귓속말로 "오히려 별 볼일 없는 바보니까 저렇게 말하는 거야!"라고 말했다.

그제야 누나가 고개를 끄덕였고 나도 그랬다.

오이대왕은 헛기침을 몇 번 하더니 본론을 말하기 시작했다. 그는 아주 특이하게 말을 했기 때문에 시간이 한참 걸렸다. 그의 말은 이해하기가 무척 어려웠다. 그래서 우리는 물어보고 싶은 것들이 꽤 많았다. 하지만 자정 무렵엔 궁금증이 거의 다 풀렸다.

쿠미-오리 2세 대왕은 우리 집 지하실에서 왔는데 정확하게는 지하 2층에서 왔다고 했다. 우리 집에는 지하실이 두 층 있다. 지하 1층에는 감자를 저장해 놓았는데, 그 외에도 배와 잼 그리고 닉이 타던 낡은 세발자전거 등이 있다. 그 밖에 할아버지의 연장들을 보관하는 선반이 있고 지하 2층으로 내려가는 문이 하나 있다. 그 문을 열면 가파른 사다리를 타고 지하 2층으로 내려갈 수 있다.

아빠는 사다리를 타고 지하 2층으로 내려가는 것을 우리에게 금지시켰다. 사실은 별로 위험한 일도 아닌데. 습기가 조금 많고 미끄러지기 쉬울 따름이다. 하지만 아빠가 이 집을 사기 위해 집을 둘러보던 날 그 사다리에서 미끄러져 발을 삐었기 때문에 우리는 절대 지하 2층으로 내려가면 안 된다는 것이었다. 만약 아빠가 그 때 금지하지 않았다면 그 안에 쿠미-오리들이 살고 있다는 것을 우리는 진즉에 알 수 있었을 것이다.

그 지하 2층에서 쿠미-오리 대왕은 신하들과, 이제는 더 이상 그의 통치를 받고 싶어 하지 않는 쿠미-오리 백성들과 더불어 살고 있었다. 오이대왕은 신하들과 함께 쿠미-오리들을 끔찍이 위해 주었다고 한다. 하지만 오이대왕은 쿠미-오리들이 배은망덕하게 반란을 일으켰다고 주장했다. 그 사이 신하들은 모두 도망을 쳤다. 너무 당황한 나머지 쿠미-오리 2세를 모시고 가는 것을 깜빡 잊어버리고 자기들만 급히 도망을 친 것이다. 반란의 원인은 늘 이상한 행동을 일삼던 어느 신하 때문이었다. 그가 백성들을 괴롭혀 왔기 때문이었다. 그렇게 모두를 떠나보낸 오이대왕은 결국 우리 집 부엌으로 와 정치적 망명을 요청하게 된 것이다.

오이대왕은 자기가 없으면 아무것도 할 수 없기 때문에 아마 이번 주 안으로 쿠미-오리 백성들이 자기를 데리러 올 거라는 말로 긴 설명을 끝냈다.

"쿠미-오리들이 대왕이 없으면 왜 아무것도 할 수 없지?"

할아버지가 말했다.

"무지하고 어리석어서 무엇을 해야 할지 말해 줄 이가 꼭 필요하기 때문이지."

오이대왕이 대답했다.

"아, 그렇군."

할아버지가 다시 말을 이었다.

"그런데 어리석다고? 그들은 왜 어리석지?"

오이대왕은 대답 대신 오이 같은 어깨를 들썩해 보였다.

"그렇다면 대왕의 쿠미-오리들이 왜 어리석은지에 대해 존엄하신 대왕한테 내가 친히 설명해 주지!"

할아버지가 고함을 치듯 말하고는 앉은 자리에서 몸을 앞으로 숙였다.

"아버지, 그만하세요!"

아빠가 소리쳤다.

"그런 게 뭐가 중요하다고 그러세요! 그런 쓸데없는 말씀 좀 그만하세요."

정치적인 문제에 신경을 너무 쓰면 건강에 좋지 않으니 흥분하지 마시라고 엄마도 할아버지를 말렸다. 그러자 오이대왕은 오래전에 지은 집 지하실에는 모두 오이 같기도 하고 호박 같기도 한 쿠미-오리들이 산다고 했다. 그리고 그 곳에는 언제나 오이대왕이 있다는 거였다. 또 오래된 궁전에는 오이황제도 산다고 했다. 그런데 최근 들어 쿠미-오리들이 힘을 모아 쿠데타를 일으키는 일이 종종 벌어진다는 거였다.

할아버지는 그런 건 쿠데타가 아니라 혁명이라고 하는 거라고 말했다.

"아니다! 그건 쿠데타다. 쿠데타란 말이다!"

오이대왕이 소리쳤다.

"혁명이야!"

할아버지도 맞고함을 쳤다.

"쿠데타! 쿠데타! 쿠데타!"

오이대왕이 다시 외쳤다.

"무슨 말도 안 되는 것으로 싸우고 그러세요. 어차피 둘 다 똑같은 겁니다."

아빠가 말했다.

"군인들을 끌고 와 의사당을 점령하고, 평소에 싫어했던 사

26

람들을 가두고, 신문이 마음대로 기사를 쓸 수 없다면 그것은 쿠데타예요. 하지만 백성들이 왕을 밀어내고, 의사당의 문을 열어 놓고, 투표를 하고, 신문이 마음대로 기사를 쓸 수 있다면 그건 혁명이에요!"

마르티나 누나가 말했다.

아빠는 도대체 어디에서 그런 말도 안 되는 소리를 배웠느냐고 누나에게 물었다. 누나는 그것은 말도 안 되는 소리가 아니라며 맞섰다. 그것을 알았다면 지난번 역사 시험에서 '우'가 아니라 '수'를 받았을 거라고 말이다. 아빠는 언제 시간을 내서 새로 온 역사 선생님과 이야기를 해야겠다고 했다. 오이대왕이 아빠 편을 들었다.

자정 무렵이 되자 오이대왕은 몸이 피곤해서 잠을 자고 싶지만 쿠미-오리들이 뒤쫓아올지도 모르기 때문에 절대로 혼자 자지 않겠다고 했다. 그리고 장난감 유모차도 거부했다. 삐걱거리기 때문에 잠을 자다 자꾸 깨고, 그러다 보면 두려움에 떨게 된다는 것이 그 이유였다.

"짐이 그대들의 침대 중 한 침대에서 같이 자겠노라."

오이대왕이 말했다.

"나는 싫어요!"

나는 오이대왕을 만졌을 때의 촉감이 생각났다. 밀가루 반죽 같은 것하고 한 침대에서 자고 싶은 생각이 추호도 없었기 때문에 질색을 하며 소리쳤다.

그러자 아빠가 오이대왕한테 함께 자자고 했다. 참 묘한 일이었다. 그렇지만 더 이상한 것은 아빠의 말투였다.

"제 침대에서 편히 주무시지요. 주무시는 동안 제가 전하를 지켜 드리겠나이다."

그 말을 할 때 아빠는 웃지도 않았다. 나는 아빠가 농담을 하고 있는 것이 아니라는 걸 분명히 느낄 수 있었다.

아빠 방에서 목격한 것들을 적는다. 아빠는 아침 식사로 아무도 먹을 수 없는 것을 준비해 달라고 했다. 그리고 우리 집의 전통이 깨져 버린다.

3

부활절 연휴 월요일에 아침 일찍 일어났다. 닉은 계속 자고 있었다. 엄마와 마르티나 누나의 방문에 귀를 대 보았지만 아무 소리도 들리지 않았다. 하지만 아빠의 방에서는 코를 고는 소리가 크게 두 갈래로 났다. 조심스럽게 문을 열어 보았다. 침대에 아빠와 오이대왕이 뺨을 맞댄 채 누워 있었다. 왕관은 이불 위에 얹혀 있었고, 아빠와 오이대왕이 각각 한 손으로 왕관을 꼭 붙잡고 있었다. 문을 살짝 닫고 부엌으로 갔다.

부엌에 할아버지가 앉아 있었다. 할아버지는 우유 한 잔을 마시고 접시 위에 있던 케이크 부스러기들을 먹었다.

"아빠와 오이대왕이 침대 위에 마치, 마치……."

어떻게 표현해야 좋을지 퍼뜩 생각이 나지 않았다.

"사랑하는 사람들처럼 누워 있더란 말이지?"

할아버지가 물었다.

나는 고개를 끄덕였고 할아버지는 길게 한숨을 내쉬었다.

나도 우유를 한 잔 따라 마셨다. 할아버지는 내게 케이크 부스러기를 나눠 주었다. 할아버지는 갈색, 나는 노란색을 먹었다. 우리는 물끄러미 접시를 내려다보며 손가락으로 케이크 부스러기를 콕콕 찍어 먹었다. 할아버지는 자꾸 "그것 참 잘됐군, 그것 참 잘됐어." 하고 중얼거렸다.

할아버지는 뭔가 잘못되었을 때 꼭 이렇게 말한다.

"할아버지는 같이 사는 거, 괜찮아요?"

내가 할아버지한테 물었다.

"누구?"라고 되묻기는 했지만 할아버지는 내가 누구를 의미하고 있는지 잘 알고 있었다.

"그야 물론 존엄하다는 오이대왕이지요."

내가 말했다.

할아버지는 싫다고 딱 잘라 말했다.

그 때 엄마가 부엌으로 들어왔다. 머리카락은 헤어롤에 돌돌 말려 있고 뺨에는 헤어롤에 눌린 자국이 빨갛게 남아 있었다. 아마 밤새도록 헤어롤을 베고 잔 모양이었다. 엄마는 한 손으로는 헤어롤 자국을 문지르고 다른 손으로는 원두 커피를 필터에 넣었다.

우리와 엄마가 서로 아침 인사를 하지 않은 것은 여느 아침

과 다름없었다. 엄마가 커피를 마시기 전에는 엄마에게 말을
붙여서는 안 되기 때문이다. 그 전에는 무엇을 묻든 엄마는 대
답도 하지 않는다.

엄마는 커피를 다 내린 다음 한 모금 마셨다.

"상쾌한 아침이에요."

뺨에 난 자국을 연신 문지르며 엄마가 말했다. 그러고는 지
난밤엔 말도 안 되는 꿈을 꾸었다고 혼잣말처럼 말했다.

"만약 꿈에서 왕관을 쓰고 있는 오이를 보셨다면 그건 꿈이
아니에요."

"오, 이런."

엄마는 커피에 설탕이나 우유를 타지 않아 굳이 저을 필요
가 없는데도 스푼으로 계속 저었다. 우리는 오랫동안 그렇게
앉아 있었다. 엄마는 스푼을 빙빙 돌렸고 할아버지와 나는 손
가락으로 빵 부스러기를 콕콕 찍었다.

다음으로 닉이 일어났다. 아직 이른 시간이라 엄마의 사고
력과 시력이 무척 둔하게 작동하기 때문에 엄마는 닉이 냉장
고에서 딸기 아이스크림을 꺼내 먹는 것을 뒤늦게야 알아챘
다. 엄마가 아이스크림을 먹고 있는 닉을 호되게 꾸짖었다. 닉
은 부활절 주간인데 아이스크림조차 마음대로 먹을 수 없다면
도대체 부활절이 무슨 의미가 있는 거냐고 울며불며 난리를
쳤다.

이어서 누나가 나타났다. 누나는 이른 아침부터 웬 소란이

냐며 투덜거리더니 닉에게서 아이스크림을 빼앗아 유리잔에 넣고 그 위에 소다수를 뿌렸다. 그러고는 닉에게 애들이 아침 식사로 가장 좋아하는 아이스크림-소다수를 만들어 주었으니 소리 좀 그만 지르라고 했다. 하지만 엄마가 아이스크림-소다수를 개수대에 쏟아 버리며 뭐든지 너희들 마음대로 해도 된다고 생각한다면 큰 착각이라고 소리쳤다.

엄마가 다시 흥분을 가라앉혔고 닉은 코코아를 마셨으며 누나는 피를 맑게 해 준다는 차를 끓여 마셨다. 나는 창밖을 바라보았다.

파란 하늘에 구름이 딱 한 점만 있는 맑은 날이었다. 대문 앞에서 하울리카 씨가 휘파람을 불고 있었다. 아저씨는 날마다 아침 8시 정각에 우리 집 앞에 서서 휘파람으로 자기 집 개를 부른다. 8시 15분쯤 되어서야 개가 나타나고, 아저씨도 휘파람 부는 것을 멈춘다.

개가 나타나는 것을 바라보면서 나는 생각에 잠겼다.

'이제 8시 15분이고 하늘은 여전히 푸르르니, 우리도 슬슬 옷을 갈아입을 시간이 되었겠구나.'

우리 집은 해마다 부활절 연휴의 월요일 아침이면 9시 정각에 가족 소풍을 떠난다. 아빠는 그것이 전통이라고 했다. 언제나 모두 참석해야 한다. 설령 감기에 걸렸더라도 단체 행동에 빠져서는 안 된다. 가고 싶지 않다고 생각해 봤자 아무 소용 없는 짓이기 때문에 그런 생각마저 우리 마음속에서 떨쳐 낸 지

이미 오래였다. 혹시라도 누군가 빠지겠다고 하면 아빠는 전통이 깨진다며 불같이 화를 낸다. 조금 있으면 엄마와 누나는 치마를 입고 나와야 하고 닉은 가죽 바지로 갈아입어야 한다.

그런 생각을 하고 있는데 아빠가 부엌으로 들어왔다.

아빠는 아침 인사를 하더니 양파와 감자를 저장해 두는 싱크대 밑의 문을 열었다. 그러고는 감자 바구니를 꺼내 손가락으로 감자들을 파헤쳤다.

"뭘 찾는 거예요?"

엄마가 물었다.

"싹이 난 감자."

아빠가 대답했다.

"뭐라고요?"

엄마가 황당해하는 얼굴로 아빠를 보았다.

아빠는 싹이 난 감자를 찾고 있는 중이라고 했다. 발아된 감자를 말하는 거였다. 엄마가 집에 있는 감자들은 모두 일등급짜리 싱싱한 햇감자라고 말했는데도 아빠는 계속 찾았다.

엄마가 무엇 때문에 싹이 난 감자를 찾느냐고 하니까 아빠는 아침 식사로 먹으려고 한다고 했다.

"싹이 난 감자를 먹겠다고요?"

닉이 신나는 일이라도 된다는 듯 소리쳤다.

"내가 먹겠다는 게 아냐. 쿠미-오리 대왕이 하나 드시겠대."

아빠가 대답했다.

34

닉이 식탁 밑으로 기어 들어가 싹이 길게 난 감자 여섯 알을 꺼내 왔다.

"성탄절 때부터 여기에 있던 것들이에요. 이거면 돼요?"

아빠는 아주 좋다고 말하고는 성탄절 이전부터 가구 밑에 감자를 넣어 두고 있었으니 집 안이 얼마나 지저분한지 알 만하다고 했다. 그런 다음 우리에게 어서 소풍 갈 준비를 하라며 이것저것 지시했다. 각자 우비를 챙기고, 엄마는 낡은 담요를 가져가고, 할아버지는 음식을 챙기고, 마르티나 누나는 배드민턴을 차 트렁크에 갖다 넣고, 나는 자동차의 유리창을 닦고, 닉은 자동차 문고리에 윤활유를 바르라고 했다. 그리고 엄마에게 이번에는 꼭 잘 드는 칼을 가져갈 것과 종이 냅킨을 챙겨 넣는 것을 잊지 말라고 당부했다.

"우리가 다 집을 비우면 오이대왕은 어떻게 해요?"

닉이 물었다.

아빠는 오이대왕도 함께 갈 거니까 나더러 그것을 무릎 위에 앉히라고 했다.

"싫어요!"

나는 소리를 빽 질렀다. 그러고도 모자라 한 번 더 "싫다고요!" 하고 외쳤다.

"그렇다면 닉이 안고 가는 수밖에 없지."

닉은 불평하지 않았다. 어차피 엄마가 닉을 안고 가야 하기 때문이었다. 그런데 엄마는 오이대왕까지 무릎 위에 앉혀 놓고 가야 하냐면서 브레멘 음악대에서 맨 밑에 깔린 동물처럼 고생하고 싶지 않다며 반대했다.

아빠가 누나의 얼굴을 보며 의향을 물었나. 누나는 너리글 가로저었다. 할아버지도 고개를 저었다. 아빠가 고함을 치기 시작했다. 아빠는 운전을 해야 하니까 누군가 한 사람이 오이 대왕을 무릎에 앉히고 가야 한다며 말이다.

"난 징그러워서 싫다."

할아버지가 혼잣말처럼 말했다.

"꼭 뭉클뭉클한 밀가루 반죽 같아요."

내가 말했다.

"난 닉을 안고 가야 해요. 그걸로 충분해요!"

엄마도 말했다.

"소름 끼친단 말이에요!"

누나가 말했다.

아빠는 우리 모두가 이기적이고 배은망덕하다며 몸서리를 쳤다. 그러면서 부엌과 욕실을 들락날락하며 옷을 갈아입고 면도도 끝냈다. 준비를 다 끝낸 아빠가 우리 앞에 위협적으로 버티고 서서 물었다.

"자, 누가 대왕을 무릎 위에 앉히고 갈 거지?"

할아버지, 엄마, 마르티나 누나와 나는 모두 고개를 설레설레 저었다. 우리들 가운데 아빠의 명령을 따르는 사람이 한 사람도 없는 것은 처음 있는 일이었다. 우리들 스스로도 몹시 놀

랐고 아빠는 우리보다 더 경악했다. 아빠가 다시 한 번 위협적
으로 물었다. 하지만 소용 없었다.

아빠는 화가 나서 하얗게 질린 얼굴로 아빠 방으로 달려갔
다. 그리고 오이대왕을 데리고 나왔다. 그런 다음 차고로 가 자
동차 뒷좌석에 오이대왕을 내려놓고 닉을 보며 말했다.

"이리 와, 닉! 우리끼리만 가자!"

아빠는 아예 우리가 있는 쪽은 보지도 않았다.

아빠는 분에 못 이겨 차를 거칠게 몰았다. 차 왼쪽 앞바퀴가
장미꽃을 짓밟았고 화분이 들어 있는 수레를 뒤엎었다. 아빠
는 마치 모나코의 자동차 레이스에서 그랑프리를 타려는 사람
처럼 그렇게 대문을 빠져나가더니 길모퉁이로 사라졌다.

싹이 나 있는 감자는 식탁 위에 오두마니 놓여 있었다. 엄마
가 감자를 쓰레기통에 집어 넣으면서 혀를 끌끌 찼다. 엄마는
우리가 한마음으로 똘똘 뭉쳐 있지 않아서 자식놈 하나가 식
탁 밑에서 감자를 꺼내 자기를 배반했다고 불평했다. 그러고
는 하루 푹 쉬겠다며 다시 잠을 자러 갔다.

할아버지는 친구인 베르거 할아버지에게 전화를 걸어 해장
술을 마시고 게이트볼 놀이를 하기로 약속했다.

전통이 깨신 부활절 연휴의 월요일. 전운이 감돈다. 한바탕 싸움이 벌어지고 서로 조용히 합의점을 찾는다.


4


나는 수영장에 갔다. 엄마가 점심은 수영장에서 소시지를 사서 겨자를 발라 먹으라며 용돈을 주었다. 그렇지만 소시지 가게는 가지 않아도 되었다. 수영장에 같이 있던 에리히 후버네 집에 가서 점심을 먹었다. 집에는 그 애 혼자뿐이었다. 부모님이 딸만 하나 데리고 여행을 떠나 집에 없었다. 에리히는 같이 가지 않아도 괜찮은 모양이었다. 그 애 아버지는 우리 아빠처럼 어떻게든 전통을 고수하려고 애쓰지 않는다.

에리히네 집은 모든 것이 우리 집과 다르다. 그 애는 수영장에 가도 되는지, 극장에 가도 되는지, 친구 집에 놀러 가도 되는지 따위를 물어보지 않아도 된다. 에리히는 거의 모든 것을 자기 마음대로 할 수 있다. 그렇지만 에리히는 그렇게 하는 것이 적어도 가족 생활에는 좋지 않은 점이 있다고 했다. 에리히의 엄마도 모든 것을 당신 마음 내키는 대로 하기 때문에 어떤 때는 요리도 안 하고, 다림질도 안 해 준다는 것이다. 그 애 엄마는 에리히한테 '네 셔츠를 네가 직접 다려 입는다고 해서 팔을 삐는 건 아니다.'라고 말한다고 했다.

나는 셔츠를 다리다가 팔을 삐기도 하는지 잘 모르겠다. 아직 셔츠를 한 번도 다려 보지 않았기 때문이다. 다리미를 잡아 본 적도 없다.

어쨌든 에리히네 집에 가면 무척 재미있다. 집 안은 온통 난장판이다. 바닥에 책, 카드, 팬티 등이 너저분하게 널려 있고 군데군데 에리히의 책과 공책도 보인다. 그리고 에리히의 방한쪽 벽은 색연필로 벽화가 잔뜩 그려져 있다. 문에는 커다란 글씨로 '어른 출입 금지'라고 적혀 있다.

우리는 달걀 프라이에 햄을 넣어 점심을 만들어 먹었다. 그리고 극장에 가서 〈죽음의 노래를 불러 다오〉를 보았고 단골 가게인 고고에 가서 콜라도 마셨다. 물론 오락 게임도 했다.

고고에는 마르티나 누나가 알렉스 형과 함께 와 있었고 우리 학교 아이들도 많이 있었다. 거기에는 우리 학교 아이들이 언제나 많이 있다. 너무 시끄럽기 때문에 어른들은 절대로 오지 않는다. 누나와 나도 그 날 처음 가 보는 것이었다. 아빠가 고고 같은 가게에 드나드는 것을 허락하지 않기 때문이다. 아빠는 아이들이 벌써부터 비싼 곳에 드나들면 안 된다고 주장

한다. 하지만 내 생각으로는 적어도 누나만큼은 더 이상 아이가 아니다. 더구나 고고는 비싼 곳도 아니다. 그 곳에서는 모두들 콜라를 마신다. 하지만 아빠는 콜라노 싫어한나. 콜라가 치아와 위를 상하게 한다는 것이다. 정확히 어떻게 상하게 한다는 것인지는 나도 잘 모른다. 어쨌든 아빠는 우리에게 집에서 직접 만든 자두 주스 같은 것을 마시라고 한다. 하지만 우리 집 자두 주스는 맛이 없고, 자두 주스를 먹어도 배가 아픈 것은 마찬가지다.

누나와 나는 날이 어둑어둑해져서야 집에 돌아왔다. 누나는 안니 베스터만이라는 누나가 알렉스 형 때문에 누나를 부러워한다고 말했다. 나는 수영에서 10분의 1초쯤 빨라졌다고 말했다. 그리고 〈죽음의 노래를 불러 다오〉를 꼭 보라는 말도 했다. 우리는 서로 마음이 잘 통했고 나는 누나한테 극장 표를 살 돈을 빌려 주겠다는 약속까지 했다.

집에 와서 보니 아빠 차가 벌써 차고 안에 있었다. 엄마는 부엌에서 고기를 손질하고 있었다. 어찌나 고기를 거칠게 두드리는지 조리대 전체가 흔들거렸다.

"우리가 늦게 와서 화가 나셨나 봐."

내가 누나에게 속삭였다. 하지만 예상이 빗나갔다. 엄마는 우리에게 아주 친절하게 대해 주었다. 그러니 누군가 다른 사람한테 화가 난 모양이었다.

닉은 베란다에 있었고 할아버지는 아직 집에 돌아오지 않았다. 아빠는 침실에 있었고 오이대왕은 거실 소파에 앉아 만화 영화를 보고 있었다.

내가 지나가려는데 오이대왕이 내게 말을 걸었다.

"애야, 짐의 발톱에 페디큐어를 칠하라!"

오이대왕은 손가락으로 자기 발가락을 가리켰다.

엄지발톱에 빨간색 페디큐어가 조금 벗겨진 것이 보였다.

"난 네 시종이 아니야!"

나는 오이대왕을 그냥 지나쳐 베란다로 가서 닉에게 소풍이 어땠느냐고 물었다. 닉은 기분이 좋지 않아 보였다. 오이대왕이 차멀미를 해서 아주 안 좋았다는 거였다. 들판에서는 오이대왕이 햇빛 때문에 머리가 아프다고 했고, 점심을 먹으려고 식당에 갔지만 식당 주인이 오이대왕을 못 들어오게 해서 다들 그냥 밖으로 나올 수밖에 없었다는 거였다.

"야, 닉! 넌 아빠가 오이대왕을 어떻게 할 생각인지 혹시 알고 있니?"

"보호해 주고 다시 왕이 될 수 있도록 도와주실 거야."

"말도 안 돼! 아빠도 그렇게 될 수 있을 거라고는 생각하지 않을걸."

"아빠가 그렇게 해 주실 거야. 아빠는 다 할 수 있단 말이야!"

닉이 화를 벌컥 내며 소리쳤다.

"그렇게 된다면 내가 고사리손으로 그릴을 만들겠다!"

닉은 내 말뜻을 잘 몰라 멍청히 나를 쳐다보기만 했다. 상대방의 말을 도저히 못 믿겠다는 의미의 신조어니까 닉이 알아듣는지 못하는 건 당연했다. 나도 일주일 전에 에디히에게서 처음 들었다.

엄마가 저녁밥을 먹으라고 불렀다. 아빠는 방에서 나오더니 스테이크 한 조각과 감자 세 개를 접시에 담아 다시 방으로 들어갔다. 아빠는 화가 나면 늘 그런다. 오이대왕이 소파에서 기어 내려와 아빠를 따라갔다. 아빠가 다시 부엌으로 왔다.

"싹이 난 감자는 쓰레기통에 있어요."

엄마가 아빠한테 퉁명스럽게 말했다.

아빠는 잠시 동안 가만히 서 있더니 불쾌한 얼굴로 쓰레기통에서 싹이 난 감자를 찾아 들고 거실을 가로질러 침실로 갔다.

누나가 깜짝 놀라며 손에서 포크를 떨어뜨렸다.

"아빠가 쓰레기통을 뒤지다니!"

누나가 신음처럼 내뱉었다.

"쓰레기를 역겨워하는 아빠가 말이야! 아마 오이대왕을 무지무지 좋아하게 되셨나 봐!"

닉이 말했다.

"내가 부탁했어 봐. 아빠가 쓰레기통 따위를 뒤지는 일은 절대 없었을 거다."

엄마가 한숨을 내쉬며 말했다.

저녁에 우리들이 모두 자러 갔을 때 엄마와 아빠가 심하게 다퉜다. 아주 큰 소리로 싸웠다. 내 방에서도 싸우는 소리가 다 들렸다. 마르티나 누나와 닉도 그 소리를 들으려고 내 방으로 건너왔다.

엄마가 오이대왕을 집에서 내보내라고 했다. 아빠는 무슨 일이 있어도 오이대왕을 집에 두겠다고 맞서면서 엄마한테 오이대왕에게 잘 대해 주고 아이들도 그렇게 하라고 시키라고 요구했다.

엄마는 아빠한테 애들이 동물을 기르고 싶어 해도 집 안에 개나 고양이 한 마리 들여놓지 못하게 하고 심지어는 기니피그나 금붕어조차 허락하지 않던 양반이 이 마당에 호박같이 생긴 오이를 기르겠다는 거냐고 따지듯 물었다.

아빠는 호박같이 생긴 오이가 아니라 곤경에 처해 있는 불쌍한 왕이라고 받아쳤다. 엄마는 곤경에 처해 있다는 그 불쌍한 왕이 꼴도 보기 싫다고 했다.

아빠가 자신은 워낙 동정심이 많기 때문에 곤경에 처해 있는 불쌍한 왕을 보호해 주지 않을 수 없다며 역정을 냈다.

엄마는 아빠가 동정심이 많은 사람이라니 웃음밖에 안 나온다고 코웃음을 쳤다. 실제로 한동안 엄마의 웃음소리가 들렸다. 기분이 좋아서 웃는 웃음 같지는 않았다.

그러자 아빠가 엄마는 그런 마음을 이해조차 못 할 거라며 웃고 있는 엄마한테 고함을 쳤다. 엄마도 자기는 아무것도 이해하지 못한다고, 남편에 대해서도 이해심이 없어서 오이대왕이 우리 집에 있는 것이 얼마나 중요한지도 알지 못한다며 소리쳤다.

결국 할아버지가 싸움을 말렸다. 아빠와 엄마는 서로 조금씩 양보해서 합의점을 찾았다. 그래서 더 이상 큰 소리로 다투지 않았기 때문에 말하는 소리가 잘 들리지 않았다. 우리는 대화의 절반 정도밖에 알아들을 수 없었지만 내용은 거의 파악할 수 있었다.

아빠는 앞으로 오이대왕이 아빠 방에서 한 발짝도 나오지 않게 하겠다고 약속했다. 아빠가 오이대왕을 돌보고 보살피는 일을 도맡기로 한 것이다. 싹이 난 감자도 아빠가 직접 구해 와야 한다. 그러니까 엄마와 우리들은 오이대왕에 대해 전혀 신경 쓰지 않아도 되는 것이다. 단지 아빠 방을 엄마가 청소해야 하는지에 대해서만큼은 합의가 잘 이루어지지 않았다.

"오이 덩어리가 눈치 빠른 녀석이라면 벌써 옛날에 자기 집으로 가 버렸을 거야. 자기 때문에 저렇게 한바탕 싸움이 벌어지고 있으니까 말이야."

누나가 자기 방으로 돌아가면서 말했다.

닉은 상황을 전혀 파악하지 못한 듯 이렇게 말했다.

"형하고 누나는 바보야. 대왕이 얼마나 좋은 장난감인데!"

독일어 시간에 '아빠', '엄마'라고 부르는 것이 바람직하지 않다고 배웠기 때문에 더 이상 그 말을 쓰지 않기로 결심했다(하지만 아마도 버릇을 고치기는 어려울 것 같다). 그리고 아버지의 서명을 받아 가야 하는 문제로 고민했던 이야기를 털어놓는다. 도저히 잠을 이루지 못했다. 그래도 나중에는 잠이 들긴 들었다. 확실한 것은 아니지만 차츰 마음속에 커져 가는 의혹에 대해서도 적는다.


5


다음 날 아침 나는 오이대왕에게 신경 쓸 시간이 없었다. 부활절 연휴의 마지막 날이었기 때문이다.

숙제가 엄청나게 밀렸고 큰 골칫거리가 고스란히 남아 있었다.

지난번에 보았던 수학 시험지를 3주일 전쯤 돌려받았다. 그런데 문제를 풀면서 조금 실수했을 뿐인데도 하슬링거 선생님은 번번이 틀렸다면서 40점밖에 주지 않았다. 그리고 점수 밑에 아버지의 서명을 받아 오라고 적어 놓았다. 그 말 뒤에 느낌표까지 크게 찍혀 있었다.

다른 아이들은 어머니의 서명만 받아 와도 괜찮았다. 선생님은 나를 미워하기 때문에 유독 나한테만 아버지 서명을 받아 올 것을 요구한 것이다.

그렇지만 난 40점짜리 수학 시험지를 아버지에게 노서히 보일 수 없었다. 지난번에 40점을 받았을 때도 아버지는 꿀밤을 먹이면서 또다시 40점을 받아 오면 수영장에도 못 가게 하고 용돈도 주지 않겠다고 했다. 아버지는 정말로 그렇게 할 것이기 때문에 나는 40점짜리 수학 시험지를 보여 줄 수가 없었다.

하슬링거 선생님은 서명을 받아 오지 못한 대가로 문제 4개를 풀어 오고 여전히 아버지의 서명을 받아 오라고 했다. 나는 다음 수학 시간에 문제를 푼 공책을 제출했다. 하지만 아버지의 서명은 받아 가지 못했다. 그러자 선생님은 문제 수를 8개로 늘렸다. 아버지의 서명도 역시 받아 가야만 했다.

그렇게 해서 수학 시간마다 풀어 가야 할 문제의 수가 점점 더 많아졌다. 내일은 문제를 24개나 풀고 아버지의 서명을 여섯 번 받아 가야만 한다! 서명을 여섯 번 받는 것은 한 번 받아 내는 것보다 여섯 배나 힘든 일이다. 게다가 요즘은 아버지 근처에는 얼씬도 할 수 없다. 오이대왕 때문에 소동이 일어난 이후부터 그렇게 되었다.

할아버지와 어머니한테도 그런 사정을 털어놓고 싶지 않았다. 만약 그렇게 한다면 아버지한테도 곧 그 사실이 알려질 것 같았다.

에리히는 내게 아버지의 서명을 조작해 보라고 했다. 아주

간단한 일이라고 했다. 자기는 늘 그렇게 해 왔다는 거였다. 그 애한테는 훨씬 쉬운 문제였다. 그 애는 어차피 입학 때부터 불량 학생이었기 때문에 늘 서명을 조작해 왔다. 그래서 선생님들은 그 애 아버지의 진짜 서명을 아예 알지도 못한다.

나도 공책을 꺼내 아버지의 서명을 연습해 보았다. 하지만 서명이 아주 복잡했다. 이 세상 누구도 도저히 따라 할 수 없는 서명이었다!

정말 암담했다. 눈앞이 캄캄했다. 엉엉 울고 싶은 심정이었다. 그리고 2주일 전 미헬 슈베르트와 함께 집에 가면서 했던 이야기가 자꾸만 머릿속에 떠올랐다. 우리는 천천히 집으로 향하면서 학교와 하슬링거 선생님에 대한 불만을 늘어놓았다.

"볼피, 하슬링거 선생님이 너한테 수학만 유급시킬 것 같냐, 아니면 지리도 유급시킬 것 같냐?"

미헬이 내게 불쑥 물었다.

평생 동안 그 날처럼 놀란 적은 한 번도 없었다. 내가 유급 당할 수 있다는 생각은 한 번도 해 본 적이 없었다. 정말 생각도 못한 일이었다. 하지만 그럴 가능성은 얼마든지 있었다. 수학 점수들을 더해 보았다. 40점, 40점, 60점, 60점, 40점, 40점을 모두 합해 6으로 나누었다(그 정도 계산은 나도 할 수 있었다). 점수가 46.66666으로 나왔다. 그리고 지리 점수의 평균은 46.99999 정도 되었다. 평균 점수가 말이다!

미헬은 애써 나를 위로하려고 했다.

"아직 수학 시험이 두 번 더 남았잖아. 마지막 남은 두 번 시험에서 한 번만 60점을 받으면 유급은 충분히 피할 수 있을 거야."

하지만 그것은 미헬이 아무것도 모르기 때문에 하는 소리였다. 나한테, 나한테 하슬링거 선생님이 60점을 주다니! 차라리 세상이 거꾸로 돌기를 바라는 것이 더 낫다.

나는 집으로 가는 내내 입을 꾹 다물고 있었다. 미헬이 나를 위로해 주는 말도 전혀 귀에 들어오지 않았다. 머릿속에는 오직 한 가지 생각뿐이었다. 유급, 유급, 유급…….

부활절 연휴 때도 공부를 할 수 없었다. 책가방을 열려고만 하면 머릿속이 또다시 유급 생각으로 가득 찼다. 유급, 유급, 유급…….

정말 날마다 시도해 보았지만 늘 마찬가지였다. '유급' 말고는 다른 어떤 것도 생각할 수 없었다. 책가방을 방구석으로 내팽개치고 나면 그제야 괜찮아졌다. 그렇게 하고 난 다음에야 비로소 다른 것들을 생각할 수 있었다.

하지만 이제는 연휴의 마지막 날이 되었고, 어떻게 하든 결정을 내려야만 했다. 나는 책상에 앉아 서투른 아버지의 서명을 공책 가득 그려 보았다. 그 때 누나가 내 방으로 불쑥 들어왔다. 연필들을 가지런히 깎아 놓기 위해 연필깎이를 다시 빌리러 온 것이었다.

누나는 그런 것들에 신경을 꽤 많이 쓰는 편이다. 언제나 필

기구를 기가 막히게 잘 정돈해서 갖고 다닌다. 만년필에는 심을 두 개씩이나 넣어 갖고 다니고, 공책은 모두 종이로 포장하고, 책가방 속에 빵 부스러기나 껌 조각 하나 굴러다니는 법이 없다. 삼각자에도 긁힌 자국 하나 없다. 그리고 색연필은 늘 키가 고르다. 정말 어떻게 그렇게 할 수 있는지 난 도저히 이해가 되지 않는다. 내 것들은, 갈색은 거의 쓰지 않아 새것 같은데도 빨간색은 몽당연필이 되어 있기 일쑤다.

어쨌든 누나는 연필깎이를 빌리러 나를 찾아왔다. 그리고 내가 손으로 가리고 있었지만 결국은 내가 연습해 놓은 아버지의 서명들을 보고 말았다. 누나는 절대로 바보가 아니므로 내게 무슨 일이 있는지 금방 알아챘다. 누나는 내게 쓸데없는 짓이라고 말했다. 그렇게 해 봤자 일만 점점 더 어렵게 된다는 거였다.

"누나, 오늘 아빠한테 40점 받은 시험지를 보여 드리고 벌을 다섯 번이나 받았다는 걸 털어놓아도 괜찮을 것 같아?"

누나한테 물었더니 안 될 것 같다고 했다. 그리고 누나도 아버지의 서명을 따라 해 보았다. 하지만 내가 한 것들보다 별로 낫지 않았다. 누나는 무슨 수가 생각날 것 같기는 하지만, 시간이 좀 더 있어야겠다고 했다. 그러니 일단 하슬링거 선생님을 찾아가서 아버지가 출장을 떠나 주말에 돌아오신다고 말하라고 했다. 그리고 내가 원한다면 누나도 하슬링거 선생님을 찾아가 아버지가 출장 중이라고 말해 주겠다고 했다.

그 말을 하슬링거 선생님이 믿으리라고는 생각하지 않았지만 마음은 훨씬 편해졌다. 특히 어떻게 해서든지 유급은 당하시 않게 해 주셨다는 누나의 약속 때문이었다. 누나가 내 공부도 도와주겠다고 약속했다.

누나는 하슬링거 선생님 문제쯤은 간단히 해결할 수 있을 거라고 말했다.

우리는 말없이 저녁을 먹었다. 아버지는 식탁에 앉기는 했지만 아무 말도 하지 않았다. 그래서 우리도 모두 침묵을 지켰다. 오로지 닉만 떠들었다. 식사가 끝난 다음 아버지는 마지막으로 남아 있던 싹이 자란 감자와 썩기 시작한 마늘을 꺼내 들고 아버지 방으로 들어갔다. 그리고 방에 들어가기 전에 우리에게 물었다.

"너희들, 내일 학교 갈 준비는 다 해 놓았니?"

닉이 아버지에게 부활절 기념 시라는 것을 읊어 주었다. 토끼와 풀과 콧물이 흐르는 코가 나오는 시였다. 누나가 나를 발로 툭툭 차며 속삭였다.

"지금 말해!"

나는 아버지 앞으로 한 발 다가갔다.

아버지는 한쪽 손에 감자와 마늘을 든 채 다른 손으로 닉의 머리를 쓰다듬으며 칭찬했다. 그리고 나를 빤히 보았다. 그 눈빛이 하슬링거 선생님의 눈빛과 닮은 것 같았다.

"나한테 무슨 볼일 있니?"

아버지가 물었다.

누나가 나를 보며 고개를 까딱해 보였다. 하지만 나는 고개를 내젓고 내 방으로 갔다.

"겁쟁이."

누나가 낮게 속삭였다.

나는 오랫동안 잠을 이루지 못했다. 몸이 천근 만근 무거웠다. 오른쪽으로 누워 보고, 왼쪽으로 누워 보고, 뒤로 벌렁 누워 보고, 엎어져 있어 보기도 했다. 그래도 도무지 잠이 오지 않았다. 시청 시계탑에서 자정을 알리는 종소리가 들렸다.

나는 아주 아름다운 것들을 상상해 보기로 했다. 예를 들면 내가 청소년 국가 대표 수영 선수로 나가 배영에서 우승자가 되는 모습 같은 것 말이다. 모든 사람들이 갈채를 보내고 아버지가 박수를 치는 모습도 머릿속에 그려졌다. 그런데 갑자기 하슬링거 선생님이 탈의실에서 걸어 나오고 있는 게 아닌가! 선생님은 수학 시험지를 손에 들고 마구 흔들었다. 그리고 환호성을 지르는 군중들 틈을 뚫고 아버지에게로 다가가 서명하라고 재촉했다. 아버지는 더 이상 환호성을 지르지 못했다.

여름에 이탈리아로 여행 가기로 했던 계획도 생각해 보았다. 해변에 누워 일광욕을 즐기며 아이스크림을 먹고 있는 모습을 상상하는데 갑자기 하슬링거 선생님이 다시 나타났다.

선생님은 해변에 나타나 큰 소리로 외쳤다.

"호겔만 군! 귀군은 갈색으로 타면 안 됩니다! 유급생인데 얼굴이 하야스름해야지요!"

　어제 고고에 갔을 때의 즐거웠던 일도 머릿속에 떠올려 보려
는 순간, 갑자기 오락기 위에서 오이대왕이 내게 속삭이는 듯
한 느낌이 들었다.

"비밀 같은 건 싫다. 짐이 아버지한테 다 말하겠노라!"

뭔가 기분 좋은 것을 생각하려고 했는데 결국 아주 끔찍한 생각을 하고 말았다. 방에서 바스락거리는 소리가 나는 것 같았다. 나는 덜컥 겁이 났다. 램프를 켜고 방 안을 살펴볼 엄두도 나지 않았다. 발가락이 이불 밖으로 삐죽이 나와 있는 것이 보였다. 얼른 이불 속으로 끌어들이고 싶은 생각이 굴뚝같았다. 내 몸의 일부가 이불 바깥에 있는 것이 도무지 마음에 들지 않았지만 발가락 하나 움직일 수 없었다. 나는 꼼짝도 하지 않고 바스락거리는 소리에 가만히 귀를 기울였다. 가끔씩 자동차가 지나갈 때마다 천장에 가느다란 불빛이 비쳤다. 불빛은 이쪽 벽에서 저쪽 벽으로 움직이다 이내 사라지곤 했다. 그것도 나를 무섭게 했다.

언젠가 아버지는 내 나이가 되면 이미 사내대장부니까 모름지기 아무것도 무서워하지 말아야 한다고 했다. 그렇지만 할아버지는 오직 바보 멍청이만 두려움을 모른다고 했다. 어머니도 거미나 애벌레, 미납 청구서, 전깃줄 따위를 보면 무서워한다. 닉은 한밤중에 화장실에 갈 때 물소리가 무서워서 변기물을 내리지 못한다. 마르티나 누나는 캄캄한 골목길을 혼자 걸을 때 무서워한다. 할아버지는 또다시 뇌졸중을 일으켜 걷지도, 말하지도 못하게 되거나 심지어 목숨을 잃게 될까 봐 두려워한다.

아버지 역시 두려움이 있다. 솔직하게 말로 표현하지는 않지만 나는 진작부터 알고 있다. 예를 들면 운전할 때 앞 차를 추월하다가 맞은편에서 차가 오는데도 옆 차선으로 미처 들어가지 못했을 때이다. 그리고 작년에는 위암인 줄 알고 진찰을 받았다가 아무렇지도 않다는 결과를 받고 몹시 기뻐하기도 했다. 그 모습을 보고 나는 아버지가 두려움에 많이 떨었다는 것을 알 수 있었다.

그런 생각들을 하면서 바스락거리는 소리를 듣고 있었다. 한편으로 생각해 보면 두려움에 떨고 있는 모습을 아무에게도 들키지 않은 것이 다행스러웠다. 그렇지만 다시 생각해 보면 오히려 다른 사람이 내 곁에 있으면 좋겠다는 생각도 들었다. 만약 누군가 곁에 있다면 두려움에 떨지 않을 테니까.

어렸을 때 밤중에 무서운 생각이 나면 어머니에게로 달려가 어머니와 같이 자곤 했다. 그 때가 정말 좋았다. 어머니의 품속은 따뜻하고 포근했다.

그 때 일을 떠올리자 비로소 잠이 왔다. 꿈을 꾸었다. 하지만 무슨 꿈인지는 기억나지 않는다. 단지 아주 기분 좋은 꿈이었다는 것만 생각난다.

아침에 누군가 방문을 두드리며 일어나라고 소리칠 때도 꿈속이 너무나 포근했기 때문에 일어나고 싶지 않았다. 하지만 매일 아침 그래 왔던 것처럼 누나가 방문을 계속 두드리는 바람에 도저히 잠에서 깨지 않을 수 없었다. 간신히 침대에서 일어났다.

잠에서 깨자마자 아버지의 서명과 수학 숙제와 하슬링거 선생님이 머릿속에 떠올랐다. 그러자 건강한 내 자신에 대해 화가 났다. 걸핏하면 곪는 닉의 편도선이 한없이 부러웠다. 나한테 그런 게 있었다면 목이 아프다고 거짓말을 해도 어머니가 믿어 주었을 텐데.

욕실로 터벅터벅 걸어가 세면대 앞에 서 있는 누나를 옆으로 밀었다. 그렇게 하지 않으면 누나는 7시 45분까지 콧잔등에 난 여드름을 짠다. 그러고는 코가 퉁퉁 붓고 빨갛게 되었다며 투덜댄다.

내가 들어가자 누나는 얼른 욕실 문을 잠갔다.

"이런 바보! 너 미쳤니?"

나는 갑자기 무슨 소리냐고 물었다. 누나가 잠옷 주머니에서 구겨진 종이를 끄집어냈다. 아버지의 서명을 연습한 종이들 가운데 하나였다. 누나는 그 종이가 거실 바닥에 떨어져 있었다고 했다. 10분 전에 주웠다나?

서명을 연습한 종이들을 꽁꽁 뭉쳐서 쓰레기통에 버린 것을 내가 분명히 기억하고 있다. 절대로 거실에 흘리지 않았다! 하지만 시계는 벌써 7시 반을 가리키고 있었다. 서둘러야 할 시간이었다. 그래서 누나와 더 이상 티격태격할 시간이 없었다. 그렇지만 마음속에 떨쳐 낼 수 없는 의혹이, 아주 끔찍스러운 의혹이 생겼다. 그리고 방 안에서 바스락바스락 났던 소리들이 어쩌면 환청이 아니었을지도 모른다는 생각이 슬며시 솟았다. 증거는 없지만 의심이 간다.

　"괘씸한 오이 덩어리, 내 손에 잡히기만 하면 밀가루 반죽 같은 그 목을 졸라 버리고 말겠어!"

하슬링거 선생님과 나 사이에 무슨 일이 일어났는지, 또 우리 사이가 왜 그렇게 절망적으로 되어 버렸는지에 대해 설명하겠다. 아주 얽히고 설킨 사연이기 때문에 한 장 전체를 그 이야기만으로 채우기로 한다.


6


누나와 나는 학교를 향해 걸었다. 누나는 하슬링거 선생님이 나쁘기만 한 사람은 아니니 별일 없을 거라는 말로 나를 안심시켰다.

"선생님이 더 이상 어떻게 하겠니?"

누나가 말을 이었다.

"기껏해야 아버지의 서명을 일곱 번 받아 오라고 하겠지. 서명을 여섯 번 받든 일곱 번 받든 어차피 다 똑같은 거야."

누나는 모범생이다. 일등을 하는 우등생이 열등생의 고민이나 서명을 받아야 할 때의 어려움을 이해할 리가 없다. 그래서 나는 하슬링거 선생님이 나에게 줄 수 있는 또 다른 처벌에 대해 굳이 설명하고 싶지 않았다.

학교 교문 앞에 다다랐을 때 차라리 도망쳐 버리는 편이 낫지 않을까 하는 생각도 해 보았다. 텔레비전에서 아이를 찾는 사람들이 늘 하는 말도 생각났다.

'절대로 혼내지 않을 테니 어서 집으로 돌아오너라.'

어디 가서 며칠을 보낼 건지 곰곰이 생각하는 동안 어느새 교실까지 갔고 때마침 종소리도 울렸다.

그런데 그런 걱정이 모두 괜한 고생이 되어 버리는 기적이 일어났다. 하슬링거 선생님이 병이 난 것이다! 그 대신 페익스 선생님이 왔다. 페익스 선생님은 한 시간 내내 라틴어 번역을 시켰다. 나는 너무나 기분이 좋아서 발표를 하겠다며 손을 일곱 번이나 번쩍 들었다.

"하슬링거 선생님이 편찮으시다니 참 애석하다. 정말 기대가 컸는데 말이야. 오늘은 볼프강이 문제를 128개 풀어 오라는 숙제를 받았을 텐데."

괘씸한 베르티 슬라빅이 쉬는 시간에 큰 소리로 이렇게 떠들었다.

하슬링거 선생님과 나와의 전쟁은 나를 좋아하는 친구는 물론 우리 반 모두에게 흥미로운 구경거리다. 베르티는 티투스와 내기까지 걸었다. 그 내기가 나를 두고 건 것이 아니었다면 나도 웃을 일이다.

"볼프강 호겔만 군!"

하슬링거 선생님이 문을 열고 들어와 우리에게 자리에 앉으라고 하자마자 나를 바라보며 내 이름을 부르는 광경은 정말 언제 보아도 우스꽝스러울 것이다.

"네?"

내가 자리에서 벌떡 일어나며 대답한다.

하슬링거 선생님은 교실 앞 칠판 곁에 서 있고 나는 맨 뒷자리에 서 있다. 그렇게 서서 우리는 한동안 서로를 물끄러미 바라본다. 언젠가 베르티가 시간을 재 보았다는데, 정확히 3분이 지나면 선생님이 다시 내 이름을 부른다.

"볼프강 호겔만 군, 기다리고 있잖아요!"

그럼 나는 다시 "네."라고 대답한 다음 숙제장을 가지고 칠판까지 가서 선생님 앞에 공책을 내민다.

그러면 선생님은 문제를 죽 훑어보고 언제나 똑같은 질문을 한다.

"볼프강 호겔만 군, 귀군 아버님의 서명은 어디 있습니까?" (하슬링거 선생님은 우리들을 늘 '귀군'이라고 부른다.)

나는 똑바로 선 채 선생님은 쳐다보지 않고 기름때가 까맣게 묻은 바닥을 내려다본다. 내가 늘 서 있는 곳은 마루판 조각이 엉성하게 걸쳐져 있는 곳이다. 오른쪽 다리에 힘을 주면 삐거덕 소리가 난다.

"볼프강 호겔만 군, 할 말 없습니까?"

하슬링거 선생님이 다시 묻는다.

나는 오른쪽 다리에 힘을 준 채 줄곧 바닥만 내려다본다.

"대답해 보시오!"

하슬링거 선생님이 이번에는 고함을 친다.

나는 무슨 대답을 해야 할지 몰라 아무 말도 못 하고 가만히 서 있는다. 마룻바닥이 삐거덕거리는 소리만 난다.

그렇게 한 1분 정도 서 있으면 하슬링거 선생님이 큰 소리로 외친다.

"문제를 두 배 더 풀어 오세요. 그 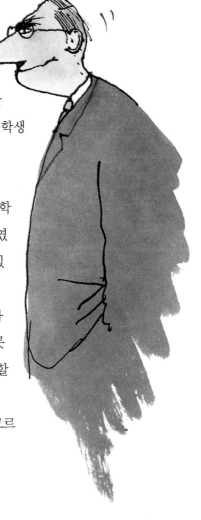 리고 가서 앉아요."

내가 맨 뒷자리로 가고 나면 선생님은 넥타이를 고쳐 매고 회색 안경을 치켜올린 다음 잔기침을 하면서 학생들을 향해 말한다.

"수업을 시작합시다."

나는 원래 수학 과목에 약하다. 초등학교 때부터 그랬다. 작년에도 마찬가지였다. 그렇지만 적어도 60점은 받을 수 있었다.

작년에는 바우어 선생님이 우리를 가르쳤다. 그 선생님은 내가 이해하지 못하는 것이 있으면 무엇이든 내가 이해할 때까지 여러 번 설명해 주었다.

그렇지만 하슬링거 선생님한테는 모르

는 것이 있어도 물어보면 안 된다. 하슬링거 선생님과 나와의 관계는 최악이다. 하슬링거 선생님은 내게 단순히 교사로서의 서부감만 있는 것이 아니라 이미 3년 전부터 개인적인 감정을 갖고 있었다.

선생님은 올해부터 우리 학교에서 수업을 맡고 있지만 나는 이 곳에 이사 왔을 때부터 선생님을 알았다. 우리 집 골목 어귀에 선생님의 집이 있다. 우리 동네 아이들은 선생님의 모든 것이 회색이기 때문에 그를 '회색 각하'라고 부른다. 머리카락, 눈, 피부색, 양복 그리고 모자까지 온통 회색이다. 이빨만 누런색이다. 나는 그가 우리 수학 선생님이 되리라고는 생각도 하지 못했고, 더구나 우리 반 담임 선생님이 될 줄은 꿈에도 몰랐다. 모두들 그가 골동품 장수라고 했기 때문이었다.

성이 하슬링거라는 것도 몰랐고, 아무튼 그에 대해 아무것도 몰랐을 때, 그가 점잔을 빼며 온통 회색 차림으로 뻣뻣하게 골목을 걸어가는 모습을 볼 때마다 한 번쯤 골탕을 먹여 주고 싶다는 생각이 치밀어 오르곤 했다. 그건 다른 아이들도 마찬가지였다. 우리는 그에게 썩은 과일이나 체리 씨를 던지기도 했다. 그리고 그의 뒤에서 큰 소리로 놀려 주기도 했다.

심지어 새총으로 그의 모자를 맞히려고 한 적도 있었는데, 총알이 그의 모자가 아니라 왼쪽 귀를 스친 일도 있었다. 우리들은 '회색 각하'가 가까이 다가오면 서로 몸을 거칠게 부딪치며 싸움을 벌였다. 마치 패싸움이라도 벌어진 것처럼 말이다.

그러다 누군가 우리들 중 한 사람을 밀면 그 사람은 '회색 각하'와 부딪치며 넘어진다. 그럴 때마다 그는 "아, 실례했습니다."라고 말했고 우리는 낄낄거리며 도망쳤다.

올해에도 개학하기 하루 전날 내가 '회색 각하'를 향해 담벼락 너머로 물주머니를 던졌다. 물주머니가 그의 어깨에서 터져 옷이 흠뻑 젖었다.

다음 날 아침 개학 첫날, 교장 선생님이 우리 반을 찾아왔는데 그 뒤에 하슬링거 선생님이 서 있는 것을 보고 나는 심장이 멎는 것 같았다. 그렇지만 그 때만 해도 나는 내 앞에 닥친 재앙이 얼마나 엄청난지 전혀 실감하지 못하고 있었다. '회색 각

하'가 참다 참다 못해 물주머니를 던진 범인을 찾으러 온 줄로만 생각했던 것이다. 그래서 순순히 일어서서 내가 그랬다고 말을 할까 말까 하며 망설이고 있는데 교장 선생님이 먼저 말문을 열었다.

"친애애하는 여러부운!"(교장 선생님은 말꼬리를 길게 늘어뜨리며 말하는 버릇이 있다. 그렇게 하는 것이 품위 있어 보인다고 믿기 때문이다.)

"친애애하는 여러부운! 바우어어 선생니임 대신에 오느을 새애 선생니임이 오셨습니다! 마음씨가 아주 좋으시인 하슬링거어 선생니임이십니다! 선생님이 오늘부터 이 반으을 맡게에 되십니다! 앞으로오 열시임히 배우기이 바랍니다!"

하느님, 맙소사!

나는 그 자리에서 기절할 것만 같았다.

"착석!"

하슬링거 선생님이 그렇게 말했고, 교장 선생님은 "안녀엉 여러부운!"이라고 말한 다음 돌아갔다.

하슬링거 선생님이 출석을 불렀다. 우리는 선생님이 우리를 기억할 수 있게끔 한 사람씩 자리에서 일어나야만 했다. 선생님이 '호겔만'을 부를 때 내게 다른 선택의 여지는 없었다.

나는 천천히 자리에서 일어났다.

하슬링거 선생님이 나를 한참 동안 바라보았다.

"흠, 흠. 귀군이 호겔만 군이군요!"

단지 그 말뿐이었다. 그렇지만 선생님이 나를 바라보던 눈빛 하나만으로도 나는 모든 것을 충분히 짐작할 수 있었다.

그런 일이 하필이면 왜 나에게만 일어나는가!

2학년 A반에는 드보락과 마이슬이 있고, 2학년 B반에는 비르닝거와 다익스가 있고, 1학년 C반에는 안드로쉬, 노보트니 그리고 슈필이 있다. 그들 모두 나와 똑같이 하슬링거 선생님을 곯려 주었다. 그 중에 안드로쉬가 가장 심했다. 언제나 그 애가 제일 악동 노릇을 했다. 더구나 그 짓을 가장 먼저 시작한 애들은 노보트니와 슈필이었다.

그런데 그 애들에게는 아무 일도 일어나지 않았다. 그 애들의 담임 선생님은 바뀌지 않았다. 왜 하필이면 나란 말인가! 왜 하필 교장 선생님은 내가 있는 반에 하슬링거 선생님을 보내셨단 말인가!

나는 운명에 대해 참을 수 없는 분노를 느꼈다.

우리 가족 중에서 내 고민을 다 알고 있는 유일한 사람인 마르티나 누나는 어차피 내가 잘못을 저질렀으니까 속상해할 필요도 없다고 했다. 하슬링거 선생님이 나한테 아무 짓도 하지 않았다면 나도 그를 괴롭히지 말았어야 했다나? 몸이 마르고, 옷차림이 온통 회색이고, 이빨이 누렇다고 해서 사람을 곯리면 안 된다는 거였다. 다른 아이들이 그렇게 한다고 따라 했다는 것은 정당한 이유가 될 수 없으며, 단지 시시한 변명에 불과하다고 했다.

쳇, 말이야 그렇게 쉽게 할 수 있겠지! 누나는 그런 말을 할 거면 우리가 하슬링거 선생님을 곯려 주기 시작했던 3년 전에 해 주었어야 옳다. 그 때는 내가 '회색 각하' 이야기를 들려줄 때마다 깔깔거리며 웃기만 해 놓고 이제 와서 이런 식으로 훈계를 하다니! 이젠 후회해 봤자 아무짝에도 쓸모 없는 짓이 되어 버렸다.

'회색 각하'가 우리 반 담임이 된 이후부터 나는 물주머니를 던진다든가 체리 씨를 던지는 짓 따위는 하지 않는다.

어머니와 아버지가 정한 규정을 오이 덩어리가 지키지 않고 있는 걸 알아챘다. 누나와 누나가 끔찍이 좋아하는 남자친구가 물에 흠뻑 젖었다. 하지만 내가 그들에게 물을 뿌리려고 정원 호스를 손에 쥐었던 것은 아니다. 모범생들에게도 인생의 고민이 있다. 험악한 말이 효과를 발휘하는 것은 잠깐뿐이다.


7


하슬링거 선생님이 없는 행복한 학교 생활이 거의 끝나 가고 있었다. 교문 앞에서 누나를 기다리고 있는데 알렉스 형이 서 있는 것이 보였다. 분명히 누나를 기다리고 있을 것 같아 나는 혼자 집으로 향했다.

대문이 잠겨 있었다. 담벼락을 기어 올라갔다. 현관문도 역시 잠겨 있었다. 그래서 열려 있는 창문을 통해 집 안으로 들어갔다. 사실 내게는 대문 열쇠, 현관문 열쇠, 지하실 열쇠, 차고 열쇠, 다락방 열쇠까지 모두 달려 있는 열쇠 꾸러미가 있었다. 지난번 생일에 아버지한테 선물 받은 것이다. 열쇠 꾸러미에는 빨간 스포츠 카가 매달려 있는데 그것은 손전등도 될 수 있고, 빵빵 소리를 낼 수도 있다. 그런데 며칠 전부터 열쇠 꾸러미가 눈에 띄지 않았다. 어느 날 갑자기 사라져 버린 것이다. 그렇지만 어머니한테 혹시 내 열쇠 꾸러미 못 봤냐고 솔직히 물어볼 수도 없었다. 그렇게 하면 도둑이 내가 잃어버린 열쇠로 문을 따고 들어올 거라며 겁을 낼 것이 뻔하기 때문이다. 아마 어머니는 밤에 잠도 못 자고 도둑이 들까 봐 무서우니 자물쇠를 바꿔 달라고 아버지한테 부탁할 것이다.

어쨌든 나는 부엌 창문을 통해 집 안으로 들어갔다. 부엌 식탁 위에 종이 쪽지가 두 장 있었다. 한 장은 어머니가 퍼머와 염색을 하려고 미장원에 갔으니 우리끼리 사우어크라우트(잘게 썬 양배추를 절여서 신맛이 나게 발효시킨 독일식 김치 ―옮긴이)를 데워 먹으라는 내용이었다.

또 한 장은 할아버지의 메모였다.

'학교로 닉을 데리러 간다. 함께 공원에 갈 거야. 안녕! 할아버지가.'

할아버지는 언제나 닉을 데리러 학교에 간다. 그러지 않으면 닉이 종종 집에 돌아오지 않기 때문이다. 그 애는 집에 오는 것보다 후베르트 목수 아저씨를 찾아가는 것을 더 좋아한다.

어쨌든 집 안에 나 혼자뿐이라는 생각을 하고 있는데 갑자기 오이대왕이 생각났다. 나는 아버지 방으로 가서 열쇠 구멍으로 안을 들여다보았다. 아무것도 보이지 않고 아무 소리도 나지 않았다. 그래서 살며시 문을 열고 안을 들여다보았다. 옷장 속과 침대 밑, 휴지통 속을 다 뒤져 보았지만 오이대왕은 어디에도 없었다. 그래서 나는 오이대왕이 어머니와 아버지가 정한 규정을 지키지 않고 아버지만 없으면 수시로 방에서 나온다는 것을 알아챘다.

오이대왕을 찾기 위해 집 안을 샅샅이 뒤졌다. 그러면서 나는 쿠미-오리들이 오이대왕을 데려가 처형을 시킨 거면 좋겠다는 생각을 했다. 부엌 창문을 통해 다시 정원으로 나가 보았다. 샅샅이 살펴보았지만 오이대왕은 정원에도 없었다.

대문 뒤에 마르티나 누나가 알렉스 형과 함께 서 있었다. 둘이 다투고 있는 것 같았다. 보기 드문 일이었다. 대개 그들은 손을 맞잡은 채 알렉스 형이 마치 순한 양처럼 안경 너머로 마르티나 누나를 그윽이 바라보고, 마르티나 누나도 얌전한 양처럼 앞으로 내려뜨린 머리카락 사이로 알렉스 형을 다소곳이 쳐다보며 무슨 말인가 소곤대곤 했다. 하지만 웬일인지 오늘은 큰 소리로 다투고 있었다. 그리고 양처럼 쳐다보는 것이 아니라 호랑이같이 으르렁댔다.

"네가 그렇게 어린아이같이 구니까 사람들이 너를 어린아이처럼 대하는 거야!"

알렉스 형이 소리를 꽥 지른 다음 말을 이었다.

"그런 사소한 것도 못 하겠다고 하지 마!"

"너야 아빠가 없으니까 그렇게 쉽게 말할 수 있겠지. 나도 엄마와는 사이가 좋단 말이야! 정 그렇다면 안니 베스터만을 데리고 가! 그 애는 그렇게 해 줄 수 있을 테니까!"

누나가 말했다.

두 사람은 훨씬 더 많은 말들을 했지만 내가 이해할 수 있는 말은 그 말뿐이었다.

나는 다시 부엌 창문을 통해 집 안으로 들어가는 것이 귀찮아서 누나한테 열쇠를 받아 가야겠다고 생각했다. 그런데 대문 쪽으로 막 가려고 하는 순간, 대문 옆 덤불 밑에서 뭔가 번쩍하는 것이 보였다.

빨간 불꽃!

오이대왕의 왕관에 박힌 보석에서 나온 빛이었다.

오이대왕이 라일락 나무 밑에 가만히 앉은 채로 마르티나 누나와 알렉스 형의 말을 엿듣고 있었다. 얼마나 열심히 듣고 있었는지 내가 가까이 다가가는 것도 전혀 눈치채지 못하는 모양이었다.

'어디 맛 좀 봐라, 이 괘씸한 오이 덩어리!'

처음에는 녀석의 머리에 돌을 던질 작정이었다. 그렇지만 밀가루 반죽 같은 그의 머리가 과연 견뎌 낼 수 있을지 은근히 걱정되었다. 그런 데다 라일락 나무 밑에 오이대왕의 시체를 두고 싶지도 않았다.

바로 그 때 내가 서 있는 곳 바로 옆에 잔디밭에 물 뿌릴 때 쓰는 호스가 눈에 들어왔다. 나는 호스를 손에 들고 오이대왕을 향해 몇 발짝 더 가까이 다가갔다. 그리고 물을 세게 틀었다. 처음에는 오이대왕의 머리에 있던 왕관을 향해 물줄기를 내뿜다가 나중에는 머리끝부터 발끝까지 물줄기를 쏘았다. 물줄기가 너무 셌든지, 아니면 오이대왕이 너무 약했든지, 어쨌든 오이대왕이 담벼락에 착 달라붙었다. 그는 그 자리에서 꼼짝도 하지 못했다.

"호겔만, 호겔만, 짐을 도와주게! 그대의 아들이 날 죽이려고 하네!"

그는 담벼락에 착 달라붙어 쇳소리를 내며 소리쳤다.

나는 슬며시 웃으며 '아빠를 아무리 불러 봐도 소용없어. 지금 이 시간에는 회사에서 열심히 근무하고 계실 테니까.' 하고 생각했다.

물줄기를 더 세게 틀고 계속 물을 뿌렸다. 그 때 대문이 활짝 열리면서 누나가 화난 얼굴로 내게 달려오더니 고함을 쳤다.

"너 정말 미쳤니?"

누나의 온몸이 흠뻑 젖어 있었다. 머리카락은 얼굴에 착 달라붙었고 옷은 완전히 젖었다. 알렉스 형이 문틈으로 집 안을 들여다보았다. 형도 흠뻑 젖어 있었다. 긴 머리카락에서 물이 뚝뚝 떨어졌고, 회색 셔츠는 물에 젖어 검정색으로 보였다.

"바보 멍청이 같은 네 동생도 너와 꼭 닮았다!"

알렉스 형이 화가 나서 소리치고는 확 돌아서 가 버렸다.

"누나, 미안해."

이렇게 말하면서도 나는 계속 물을 세게 틀었다.

"누나가 젖은 것은 미안하게 됐지만 저 오이 덩어리를 손 좀

와 주지 않을 수가 없었어."

오이대왕이 담벼락에 붙어 있는 것을 본 누나는 그러다가 죽이겠다며 나를 말렸다. 그제야 나는 하는 수 없이 물을 잠갔다. 정말 아쉬웠다. 오이대왕이 담벼락 밑으로 툭 떨어졌다. 마치 물에 빠진 개처럼 보이던 그가 급히 도망쳤다.

누나가 라일락 나무로 달려가 왕관을 집어 오이대왕을 향해 던졌다.

"한시도 떼어 놓을 수 없다는, 그 꼴도 보기 싫은 왕관이나

받아라!"

내가 소리쳤다.

누나도 야유를 하며 그를 비웃었다.

오이대왕은 뛰어가면서 왕관을 받아 머리 위에 얹고 집 모퉁이를 빠르게 돌아 도망쳤다.

"그것 참 통쾌하도다!"

내가 오이대왕의 말투를 비꼬아 누나를 보며 말했다.

누나는 라일락 나무 밑에 가만히 앉아 있었다.

"볼피, 이리 와 봐."

누나가 나를 불렀다.

누나가 가리키는 쪽을 보자 덤불 밑에서 뭔가 붉은 빛이 반짝이는 것이 눈에 띄었다. 내 열쇠 꾸러미에 달려 있던 스포츠카에서 나온 불빛이었다.

"이거 여기에서 잃어버렸었니?"

누나가 내게 물었다.

나는 고개를 가로저었다.

"난 나무 밑에 숨어서 다른 사람의 말을 엿듣는 짓 따위는 안 해. 그렇기 때문에 여기에서 열쇠를 잃어버리지도 않았어."

우리는 잠시 서로의 얼굴을 빤히 보았다.

"아빠가 오이대왕 대신 차라리 독사를 몇 마리 기르겠다고 하셨다면 더 좋았을 텐데."

누나가 혼잣말로 중얼거렸다.

나는 열쇠 꾸러미를 주머니 속에 집어 넣으며 누나 말이 맞다고 맞장구쳤다.

누나가 옷을 갈아입고 나오자 우리는 함께 사우어크라우트를 데웠다. 누나가 인도네시아 식으로 양념을 넣겠다는 생각만 하지 않았다면 맛있는 사우어크라우트를 먹을 수 있을 뻔했다. 그런데 누나가 하필이면 그것으로 굳이 나시고렝을 만들겠다고 고집했다. 그래서 양념통들을 있는 대로 다 꺼내 놓고 온갖 양념들을 다 집어 넣었다. 결국 사우어크라우트가 엉망이 되어 버렸다. 맛이 아주 이상했다. 말로는 도저히 표현할 수조차 없었다.

커틀렛은 맛있고 고기 경단도 맛있다. 으깬 감자도 역시 맛있다. 야채 수프는 맛이 없다. 시금치도 맛이 없고 돼지고기 구이도 맛이 없다. 하지만 우리가 먹은 사우어크라우트는 맛이 좋지도 나쁘지도 않았다. 도대체 음식 맛이 전혀 나지 않았다. 그렇지만 나는 누나를 즐겁게 해 주기 위해 꾸역꾸역 먹었다.

누나는 맛이 없어서가 아니라 기분이 안 좋아서라며 사우어크라우트를 먹지 않았다. 그리고 이제는 알렉스 형을 더 이상 좋아하지 않을 거라고 했다. 어차피 그 형도 누나 같은 여자친구는 필요 없다고 한 모양이었다. 저녁에도 만날 수 없고 토요일에도 만나지 못하는 그런 여자친구를 말하는 거였다. 형에게는 토요일 저녁 파티에 같이 갈 여자친구가 필요했다. 더구나 여름에 텐트를 갖고 유고슬라비아로 배낭여행을 떠날 계획이라서 함께 갈 것인지 말 것인지 누나에게 결정을 내리라고 재촉하고 있던 중이었다. 만약 누나가 같이 가지 않겠다면 아니 베스터만 누나와 함께 가겠다는 거였다.

누나는 그 말을 하면서 눈물까지 글썽거렸다. 나는 누나가 늘 잘 지내고 있다고 믿어 왔기 때문에 무척 놀랐다. 항상 공부는 일등이니까 말이다. 누나에게도 고민이 있으리라는 생각은 한 번도 해 본 적이 없었다.

누나는 내게 수학 공부를 도와주겠다는 약속도 했고, 하슬링거 선생님이 괴롭히는 것에 대해서도 뭔가 묘안을 생각해 내겠다고 약속했다. 그래서 나도 누나를 위해 뭔가 해 주겠다는 약속을 하고 싶었다. 적어도 위로라도 해 주고 싶었다. 그렇지만 다른 사람을 위로하는 방법을 난 알지 못했다. 기껏해야 닉을 달래는 것이 내가 할 수 있는 전부였다. 닉에게는 사탕이나 하나 주면 충분했다. 아니면 "울지 마라, 아가야, 내일이면 괜찮아……."를 읊어 주든가.

딱히 위로할 말이 생각나지 않았기 때문에 나는 욕을 하기 시작했다.

"바보, 멍청이, 고집쟁이!"

"너, 나보고 하는 말이니?"

누나가 울먹이며 물었다.

"천만에, 알렉스 형 말이야. 순전히 고집불통이야. 그리고 멍청한 생각이나 하는 다른 애들도 다 마찬가지야."

"맞는 말이야! 그리고 오이대왕, 그것도 바보 천치야!"

누나가 맞장구를 치며 말했다.

"쓰레기 같은 녀석!"

"쥐새끼 같은 녀석!"

우리는 점점 더 심한 욕을 했다. 우리는 우리가 알고 있는 나쁜 말들을 모두 생각해 냈다. 그리고 새로운 욕도 만들어 냈다. 말도 안 되는 욕이었지만 어쨌든 저속한 말이었다. 우리에게는 그 점이 중요했다.

그러고 나자 마음이 한결 가벼워졌다. 웃음이 터져 나올 것만 같았다. 우리는 갖가지 묘안들을 짜냈다. 오이대왕을 지하실로 다시 몰아내기 위한 계획도 세웠고 경찰에 신고하자는 얘기도 해 보았다. 오이대왕을 자연사 박물관의 실험 용액에 넣어 두는 것도 괜찮은 생각 같았다.

우리는 알렉스 형을 끝까지 괴롭혀서 형이 결국은 누나에게 무릎을 꿇도록 만들자고, 하슬링거 선생님이 중병에 걸려 곧 퇴직을 하도록 하자고, 또 아버지가 지금까지와는 다른 태도로 우리 말에 귀기울일 수 있게 만들자고 결의를 다졌다.

그러나 우리는 그 모든 것이 실현 불가능하다는 것을 누구보다도 잘 알고 있었다.

집안 분위기가 불 안 땐 방처럼 썰렁하다. 깨진 벽시계가 발견된다. 그래서 어머니는 신경이 몹시 날카로워지지만 결국 다시 안정을 되찾는다.


8


며칠 동안 집에서 특별한 일은 일어나지 않았다. 그렇지만 별로 좋을 것도 없었다. 분위기가 무거웠다. 닉도 그런 눈치를 챈 모양이었다. 녀석은 보통 때보다 풀이 죽어 별로 떠들지 않았다. 어머니도 기분이 좋지 않았다. 식사를 할 때마다 느낄 수 있었다. 돼지고기 구이가 국수와 함께 나왔고, 푸딩에는 멍울이 져 있었다. 할아버지는 하루 종일 신문을 읽든가, 아니면 밖에 나가 게이트볼을 하였다. 아버지는 회사에 나가 있거나 집에서는 방 안에만 틀어박혀 지냈다.

어머니는 쉬지 않고 집 안 청소를 했다. 끊임없이 쓸고 닦고 윤을 냈다. 어머니의 콧잔등에서 시작된 주름이 입 주위를 지나 턱의 오른쪽과 왼쪽으로 깊게 골을 파고 지나갔다. 그 때문에 어머니가 아주 불행한 사람처럼 보였다.

모든 것이 날 짜증스럽게 했다. 무엇보다 나를 짜증나게 만든 것은 집 안에서 마치 남의 집을 털러 들어간 도둑처럼 조심스럽게 살피며 다녀야 하는 노릇이었다. 누나도 마찬가지였다. 방문을 열 때마다 방 안에 누군가 있는지 먼저 자세히 살펴보고 들어가는 버릇도 생겼다. 그러다가 뭔가 바스락거리는 소리를 들으면 화들짝 놀라며 방 안에 오이대왕이 숨어 있을 거라고 생각하곤 했다.

우리는 함께 수학 공부를 할 때도 가끔 잡담을 하다가 오이대왕이나 아버지가 엿듣고 있는 것 같아서 애써 목소리를 낮추곤 했다. 그 정도로 우리에게는 오이대왕과 아버지의 차이가 뚜렷하게 구별되지 않았다. 어머니도 우리와 거의 비슷한 생각을 하고 있는 모양이었다.

어느 날 한밤중에 배가 몹시 고픈 적이 있었다. 그래서 부엌으로 가 냉장고에서 먹을 것을 찾았다. 냉장고 안이 환하기 때문에 일부러 불을 켜지 않았다. 그런데 오이 피클을 하나 꺼내려는 순간 부엌 문이 활짝 열리며 어머니의 고함 소리가 귀청을 울렸다.

"기다려, 이 괴물아, 꼼짝하지 마!"

어머니가 불을 켰다. 어머니는 잠옷 차림에 오른손에 방망이를 들고 험상궂은 얼굴로 부엌 안을 들여다보고 있었다. 머

리에 매달린 헤어롤이 출렁거렸다.

나는 질겁을 하며 놀랐다.

"오이 피클 하나 정도는 꺼내 먹어도 괜찮잖아요."

내가 간신히 말을 내뱉었다.

어머니는 방망이를 내려놓고 벽에 몸을 기댔다.

"아니, 너였구나. 난 또 누구라고……."

어머니가 신음처럼 중얼거렸다.

"누군 줄 아셨어요?"

나는 너무 놀란 나머지 바닥에 떨어뜨린 오이 피클을 찾으며 어머니에게 물었다. 어머니는 굳이 말해 주지 않으려고 했다. 나는 식탁 밑에서 오이 피클을 찾아냈다.

"아마 오이대왕이 몰래 부엌으로 들어왔다고 생각하셨을 거예요."

어머니는 아니라고 했다. 그러고는 어서 자러 가지 않으면 몸에 좋다는 저녁잠을 다 놓쳐 버리겠다며 서둘러 자리를 떴다.

누나도 어머니에게 오이대왕과 아버지에 관한 말을 하려고 했다. 하지만 어머니는 막무가내였다. 오이대왕 이야기는 듣고 싶지도 않을뿐더러 그것은 순전히 아버지 혼자만의 일이라며 매번 누나를 피했다. 그리고 어머니는 당신 앞에서 우리가 아버지에 대해 험담하는 것도 싫다고 했다. 자식으로서 그런 짓은 하면 안 된다는 것이었다. 세상에는 우리 아버지보다 더 안 좋은 아버지들도 얼마든지 있다는 거였다(이 부분에서 우리

아버지가 좋지 않은 아버지라는 것은 논란의 여지가 없는 사실로 인정되었다).

할아버지도 어머니와 똑같이 완강했다. 할아버지는 그까짓 망명객 때문에 골치를 앓고 싶지 않다고 했다.

"그건 할아버지가 잘못 생각하시는 거예요! 할아버지도 오이대왕을 싫어하시잖아요. 그렇다면 어서 아빠한테 오이대왕을 내쫓으라고 말씀해 주셔야지요! 할아버지는 아빠의 아빠잖아요. 아빠에게 그런 말을 할 수 있는 사람은 할아버지뿐이라고요!"

내가 할아버지한테 말했다.

할아버지는 아무리 아버지라도 자식이 어느 정도 나이가 차면 자식에게 무엇을 지시하거나 명령을 내릴 수 없게 된다고 했다.

"더구나 이제 때를 놓쳤어. 첫날 아예 오이대왕을 내쫓아 버렸어야지. 네 애비는 이제 완전히 빠져들었어."

나는 지금이 왜 늦었으며 아버지가 무엇에 완전히 빠져들었느냐고 캐물었다.

할아버지는 단지 당신 혼자만의 짐작일 뿐이라서 내게 설명해 줄 수는 없다고 했다. 그러니 신문 읽는데 자꾸 물어보지 말라며 귀찮아했다.

짜증나는 일이 몇 가지 더 발생했다. 갑자기 누나의 일기장이 사라졌다. 알렉스 형이 보낸 세 통의 사과 편지도 사라졌고,

내 우표 수집 책도 사라졌다(그것은 사실 아버지의 것인데 학교에 가지고 가 베르티 슬라빅을 놀라게 해 줄 생각으로 내가 잠시 슬쩍해 온 거였다). 그리고 도서관에서 보낸 네 번째 대출 도서 반납 독촉장도 없어졌다.

"내가 아빠의 서명을 연습했던 종이를 생각해 봐. 그걸 누가 쓰레기통에서 꺼내 왔겠어?"

내가 누나에게 말했다.

"그리고 열쇠 꾸러미도!"

누나가 말했다.

"가자!"

내가 큰 소리로 말했다.

"가자!"

누나도 큰 소리로 말했다.

한낮이라서 할아버지와 어머니는 거실에 앉아 있었다. 어머니는 누나에게 입힐 스웨터를 뜨고 있었다. 누나와 나는 어머니와 할아버지 앞을 지나 아버지 방으로 다가갔다.

어머니가 뜨개바늘을 손에서 내려놓으며 소리쳤다.

"너희들, 아빠 방에 들어가지 마라."

"아니, 들어가야 해요!"

누나가 단호하게 말하고는 문을 거칠게 열어젖혔다. 오이대왕은 아버지의 책상 위에 앉아 아버지의 양말로 왕관의 보석을 문지르고 있었다. 아버지의 양말 중에 가장 좋은 양말이었다.

"내 일기장 내놔, 이 괴물아!"

누나가 꽥 고함을 쳤다.

"도서관에서 보낸 독촉장도 줘!"

나도 소리쳤다.

오이대왕이 어쩔 줄 몰라하며 당황했다.

"짐, 아무것도 없다!"

"분명히 네가 갖고 있을 거야. 어서 내놔!"

내가 말했다.

"짐은 아무것도 안 준다, 아무것도 안 준다!"

내가 그의 손에서 왕관을 빼앗아 높이 들었다.

"야, 이 오이 대가리!"

내가 목소리를 착 깔고 위협했다.

"우리 물건들 어서 내놔. 그렇지 않으면 이걸 창밖으로 던져 호두나무 가지에 딱 걸리게 할 테니."

"어서 왕관을 돌려주도록 하라!"

나는 고개를 저으며 음흉한 미소를 지어 보였다. 오이대왕은 입을 비죽거리며 벌벌 떨더니 책상 위에서 의자로 내려와 다시 방바닥으로 내려갔다.

"짐, 그것들 필요하다! 집 안이 얼마나 엉망진창인지 호겔만에게 증거로 보여 줘야 한다! 그대들, 짐 싫어한다! 때가 되면 가만두지 않겠다!"

오이대왕이 계속 투덜거렸다.

"알았어, 알았어. 넌 우리에게 손끝 하나도 대지 못해! 어서 그 물건들이나 내놔!"

내가 말했다.

오이대왕이 훌쩍거렸다. 하지만 나는 원래 불쌍한 사람을 보고도 별로 동정심을 느끼지 않는다. 내가 왕관을 창밖으로 던지는 시늉을 해 보이자 그제야 오이대왕이 물건들이 있는 곳을 말했다.

"여기 침대 밑에 물건 있다!"

아버지의 침대 밑에 상자 하나가 놓여 있었다. 그 안에 아버지가 언젠가 분해했다가 다시 조립하지 못한 벽시계가 들어 있었다. 그리고 벽시계의 톱니바퀴와 나사들 사이에 우리 물건들이 있었다. 일기장, 편지, 독촉장 그리고 우표 수집 책.

내가 오이대왕에게 왕관을 던져 주었다. 우리 둘은 문을 쾅소리가 나게 닫고 아버지 방에서 나왔다.

"아니, 아니. 예의 바른 아이들은 문을 그렇게 소리나게 닫는 법이 아니야."

할아버지가 말했다.

어머니가 이상한 눈초리로 우리를 바라보았다. 그러더니 얼굴이 붉어지면서 물었다.

"혹시 그 안에서 종이쪽지 몇 장도 봤니?"

"종이쪽지요?"

나는 어머니가 무슨 말을 하는지 이해가 잘 되지 않았다.

"그래, 종이쪽지 같은 것 말이야, 종이쪽지!"

어머니는 몹시 불안해 보였다. 누나가 일기장을 뒤적이자 정말로 그 안에서 종이쪽지 석 장이 나왔다.

첫 번째 쪽지는 '레이디' 옷가게에서 발행한 영수증이었다. 영수증에는 '여성용 외투 리오 3200실링'이라고 적혀 있었다. 세일할 때 겨우 1000실링을 주고 샀다던 바로 그 옷의 영수증이었다!

두 번째 쪽지는 독촉장이었다. 그렇지만 도서관에서 보낸 것이 아니라 전자 제품 가게에서 보낸 거였다. 쪽지에는 열한 번째 세척기 월부금이 밀렸다고 적혀 있었다. 정말 어이없는 일이었다! 어머니는 그 세척기를 먼 친척인 클라라 아주머니한테서 생일 선물로 받았다고 했었다.

세 번째 쪽지는 북 클럽 '알파벳'의 회원 입회 신청서였다. 그런 클럽에는 가입하고 싶은 생각이 전혀 없기 때문에 북 클럽에서 온 사람을 문전 박대해 보냈다고 했던 어머니의 말이 또렷하게 기억났다.

우리는 어머니한테 그 쪽지들을 건넸다. 어머니가 고맙다며 쪽지를 받아 쥐고는 할아버지를 바라보았다.

"이제 참는 데도 한계가 있어요."

어머니는 격앙해서 목소리가 떨렸다.

할아버지가 어머니의 어깨를 토닥거려 주었다.

"에미야, 너무 흥분하지 마라."

할아버지가 조용히 말했다.

그렇지만 어머니는 이미 너무 흥분한 상태였다. 그리고 큰 소리를 내며 엉엉 울음을 터뜨렸다. 어머니는 훌쩍거리면서 모든 것이 오이대왕 때문이라고 말했다.

할아버지는 그냥 우리가 그렇게 생각하는 것일 뿐이라고 했다. 할아버지는 오이대왕이 징그럽기는 하지만 정상적인 가정에 나타났다면 그렇게 위협적인 존재로 취급받지는 않았을 거라고 했다.

어머니는 우리 가족도 지극히 정상적인 가족이라고 했다.

"아니, 아니, 그렇지 않아요! 우리 집은 뒤죽박죽이에요! 우리는 텔레비전도 아빠가 보고 싶어 하는 것만 볼 수 있어요! 먹는 것도 아빠가 원하는 것만 먹을 수 있고, 입는 것도 아빠가 입어도 된다는 옷만 입을 수 있잖아요! 웃는 것도 아빠가 허락할 때만 웃어야 해요!"

누나가 느닷없이 큰 소리를 치며 화를 냈다.

물론 누나의 말에 약간 과장된 부분이 있다는 생각은 들었지만 나도 누나 편을 들기로 했다.

"누나도 이젠 다 컸어요. 그런데 마음대로 놀러 갈 수도 없고, 춤도 추러 갈 수 없어요! 그리고 배낭여행도 안 되고요! 여름방학 축제에도 갈 수 없어요! 립스틱도 바르면 안 되고요, 긴 외투도 못 입어요!"

"맞아요, 정말이에요."

누나가 손가락으로 나를 가리키며 말을 이었다.

"그리고 불쌍한 볼피는 고민을 하다 하다 이제는 밤에 헛소리까지 해요. 아빠 서명을 여섯 번이나 받아 가야 되기 때문이에요. 수학도 제법 잘할 수 있는데 그렇게 되었다고요. 아빠가 수영장에 못 가게 하겠다고 위협해서 두려운 마음에 못하는 것뿐이라고요!"

어머니가 소파의 뜨개바늘이 있던 자리에 털썩 주저앉았다. 입을 크게 벌리고 넋나간 사람처럼 우리를 보던 어머니가 휘어진 뜨개바늘을 엉덩이 밑에서 끄집어냈다.

"배낭여행이라니? 서, 서명은 또 뭐야?"

어머니가 더듬거리며 물었다.

누나가 앞머리를 이마 위로 훅 불어 올리며 말했다.

"배낭여행 같은 건 이제 중요하지 않아요. 알렉스는 어차피 바람둥이니까요. 하지만……."

누나가 양손으로 내 어깨를 붙잡고 나를 어머니 앞으로 밀었다.

"문제는 볼피예요! 아버지 서명을 여섯 번이나 받아 가야 하는데 말도 못 꺼내고 있단 말이에요. 그리고 볼피는 지금 거의 유급당할 지경이라고요! 볼피는 아무한테도 말 못하고 저한테만 털어놓았어요. 정말 너무너무 딱해요."

누나가 갑자기 나를 끌어안았다. 우리는 마치 이별하는 연인처럼 서로를 끌어안은 채 한동안 서 있었다.

내게 그런 누나가 있다는 것에 가슴이 뭉클했다. 그러나 한편으로는 누나가 내 비밀을 털어놓은 것이 과연 잘한 일인지 걱정스러웠다.

어머니는 충격을 받은 듯 휘어진 뜨개바늘을 노란 금발 머리 속에 대충 찔러 넣으며 중얼거렸다.

"도저히 믿어지지가 않아."

조심스럽게 어머니를 살펴보았지만 화가 난 것 같지는 않았다. 그래서 나는 하슬링거 선생님과 나 사이에 있었던 일들을 모두 털어놓았다.

내가 말을 하는 사이사이에 어머니가 자꾸 말을 끊어서 시간이 상당히 오래 걸렸다.

"저런, 세상에……. 그 뻐드렁니 늙은이가 너희 학교에 새로 온 수학 선생님이라니! 아이구 세상에, 맙소사!"

어머니는 너무 흥분한 나머지 탑처럼 말아 올린 머리카락 속에 뜨개바늘을 끼워 넣었다.

"문제를 64개나 풀어 오라고 했다고? 그것도 10개씩 밑으로 죽 계산했다가 다시 위로 올라오면서 계산을 반복하라고 했단 말이지? 게다가 검산까지 하라고?"

어머니가 콧잔등을 문지르며 한숨을 토해 냈다.

"그런데 왜 하필이면 아버지한테 서명을 받아 오라는 거지? 우리는 엄연히 남녀 차별이 없는 나라에서 살고 있는데 말이야!"

어머니가 주먹으로 책상을 쾅 내리쳤다. 그리고 내게 "그래도 유급은 절대로 당하지 않을 거지?" 하고 자꾸만 물었다.

누나가 절대로 내가 유급당하게 내버려 두지는 않을 거라고 자신 있게 말하자 어머니는 그제야 흥분을 가라앉혔다. 그리고 어머니는 남녀가 평등하다고 생각하기 때문에 서명은 당신이 직접 하겠다고 했다. 이름이 아버지와 똑같이 루돌프 호겔만인 할아버지도 서명을 해 주겠다고 약속했다.

"그 밑에 '할아버지!'라고 쓰면 되지 뭐."

할아버지가 웃으면서 말을 이었다.

"그리고 만약 마음에 들지 않는다고 하면 그 때는, 그 때는……"

"그 때는 제가 학교로 찾아갈 거예요."

어머니가 말했다.

"직접 가서 남녀평등에 대해 설명해 주겠어요."

우리들이 다시 기분이 좋아졌을 때 친구의 생일 파티에 갔던 닉이 돌아왔다. 우리는 닉이 아버지와 오이대왕한테 무슨 말을 전할지 알 수 없었기 때문에 하던 말을 뚝 끊었다.

"볼피야, 그 각한가 하슬링건가 하는 사람이 건강해져서 다시 나타나면 내가 찾아가 보마. 아니면…… 글쎄, 아무튼 어떻게 해 볼게. 어쨌든 그 일은 너무 걱정하지 마라."

할아버지가 내게 귓속말로 말했다.

하지만 닉도 그 말을 듣고 말았다. 그 애는 듣지 않아도 좋을 말은 언제나 잘 듣는다.

"어떤 일? 어떤 일요?"

닉이 물었다.

"나한테도 말해 줘요. 무슨 일인데요?"

"어떻게 하면 어린아이의 귀를 꿰매고, 막고, 풀로 붙일 수 있을 것인지에 대해 말하고 있던 중이었지."

내가 말했다.

닉이 울음을 터뜨렸다. 나는 장난이 너무 심했던 것 같아 녀석에게 섬을 하나 주었다. 사실 닉은 귀여운 녀석이다. 닉이 아직 모르는 것이 많은 것은 녀석의 나이를 생각해 보면 크게 잘못된 일도 아니다.

마르티나 누나가 로미오와 줄리엣 생각을 한다. 쉐스탁 부인이 우리 집에 전화를 한다. 저 깊은 곳에 묻어 둔 아련한 기억이 떠오른다.




9


어머니와 할아버지가 하슬링거 선생님과 나 사이의 문제를 알게 된 뒤부터 마음이 훨씬 편안해졌다. 그리고 이제는 문제 풀이에 자신이 생겼기 때문에 더 이상 수학을 두려워하지 않게 되었다. 그 동안 수학 책에 나오는 문제들을 다 풀었다. 심지어 분수 계산을 할 때 누나는 나보고 거의 천재에 가깝다고 했다.

우리는 정말 정신없이 많은 문제들을 풀었다. 누나는 나와 그렇게 공부하는 것이 자신을 위해서도 좋은 일이라고 했다. 머리를 많이 쓰다 보면 알렉스 형을 쉽게 잊을 수 있기 때문이었다. 알렉스 형은 누나에게 떨쳐 내기 어려운 아픔을 주었다.

"아빠 말이 맞았어. 물론 아빠가 알렉스에 대해서 한 말은 전혀 다른 의도에서 나온 것이긴 하지만, 알렉스가 나를 정말 사랑했다면 아무리 부모 때문에 어려움을 겪더라도 나를 끝까지 사랑해야 했어. 로미오와 줄리엣을 한번 생각해 봐!"

누나가 말했다.

나는 로미오와 줄리엣에 대해 잘 모른다. 다만 두 사람이 연극이 끝날 때쯤에 자살한다는 것만 알고 있다. 그래서 나는 이제 누나가 알렉스 형을 좋아하지 않게 된 것을 다행이라고 생각했다.

"그렇지만 아빠 말이 완전히 맞았다고도 볼 수 없어."

누나가 계속 말을 이었다.

"아빠는 머리가 길고 잠자리 안경을 썼다고 그 애를 싫어했으니까. 사람을 외적인 것만으로 평가하는 것은 옳지 않다고 생각해. 다만 두 사람 사이의 끈끈한 정을 지속적으로 가꿔 가는 데 아직 미숙했던 것이 알렉스의 결정적인 실수였지."

나는 누나 말을 도무지 이해할 수 없었지만 누나가 계속 말을 하고 싶어 하는 것 같아서 잠자코 들었다. 그리고 누나가 '두 사람 사이의 끈끈한 정'을 나와 지속시키고 있는 것이 무엇보다도 다행스럽게 여겨졌다.

하슬링거 선생님이 간에 문제가 있어서 오래 치료를 받아야 하기 때문에 젊은 임시 선생님이 왔는데 인상이 아주 좋았다. 그 선생님은 나를 모범생으로 대했다. 그는 베르티가 우리 반에서 수학을 제일 못하는 아이가 나라고 소개하자, 내 공책을 살펴보고는 그 말을 도저히 믿기 어렵다고 했다. 우리 반 아이들이 모두 놀라는 눈치였다.

아이들은 내가 훌륭한 과외 선생님한테서 특별 지도를 받은 모양이라고 했다. 그리고 우리 반에서 나 다음으로 수학을 못하던 티투스는 그렇게 좋은 과외 선생님이 어디에 사느냐고 주소를 물어보기까지 했다. 그 애는 내가 누나하고만 공부했다는 말을 믿기 어려운 모양이었다.

"그 멋쟁이 누나가 수학도 잘한다니 믿을 수 없어."

티투스가 말했다.

누나를 멋쟁이라고 하는 그 애의 말이 날 기분 좋게 했다.

저녁때 아버지가 싹이 많이 난 감자를 들고 부엌에서 나와 거실을 가로질러 가는데 전화 벨이 울렸다. 아버지가 수화기를 들었다.

"46국에 65625번 호겔만입니다."

아버지는 늘 그런 식으로 복잡하게 전화를 받는다. 우리 집 주소를 말하지 않는 것이 이상하게 여겨질 정도다.

아버지는 한동안 수화기를 들고 선 채 아주 묘한 표정을 지었다. 그리고 계속 "네, 네. 쉐스탁 부인.", "영광입니다. 쉐스탁 부인.", "아, 네. 쉐스탁 부인.", "물론입죠, 쉐스탁 부인.", "네, 네. 쉐스탁 부인.", "정말 그렇습니다, 쉐스탁 부인." 했다. 한참 만에 아버지가 "영광입니다, 쉐스탁 부인. 안녕히 계십시오, 쉐스탁 부인." 하며 수화기를 내려놓았다.

우리가 알고 있는 쉐스탁 부인은 나와 같은 반에 있는 티투스 쉐스탁의 엄마뿐이다. 아버지는 쉐스탁 씨가 자동차 보험 회사의 사장이기 때문에 언제나 쉐스탁 씨 부부를 정중하게 대한다. 그렇지만 쉐스탁 씨가 아버지가 다니는 회사의 사장은 아니다.

수화기를 내려놓은 아버지가 우리를 보며 헛기침을 했다. 우리한테 무슨 말을 꺼내는 것을 거북스러워하는 빛이 역력했다. 우리에게 먼저 말을 걸어 본 지가 꽤 오래되었기 때문이다.

"쉐스탁 부인이시구만."

아버지가 말했다.

그것쯤이야 나도 알고 있었다. 전화를 받으면서 '쉐스탁 부인'을 수백 번 말한 마당에 굳이 그런 말을 해 줄 필요는 없었다.

"우리 집 딸이 훌륭한 과외 선생님이시라는군! 그런데 도대체 이 집에서는 내게 소식을 전해 주는 사람이 아무도 없구만. 바보처럼 그런 것도 모른 채 전화를 받고서야 알게 되니 말이야. 사실 난 어린아이가 돈을 받고 일하는 것은 반대야. 그것보다는 공부를 더 열심히 해야지. 지금보다 더 잘할 수 있도록 말이야. 그렇지만 쉐스탁 씨네 일이라면 예외를 하나 만들어 줄 수 있어."

아버지가 잠시 말을 끊고 누나를 물끄러미 바라보더니 다시 말을 이었다.

"내일 아침에 쉐스탁 부인께 전화해서 시간 약속을 해라. 그

98

리고 돈은 저금해."

"무슨 약속요? 무슨 돈요?"

누나가 영문을 몰라 아버지한테 물었다.

그 사이 방문 가까이 다가갔던 아버지가 뒤로 돌아섰다.

"다음 주부터 티투스 쉐스탁에게 수학을 가르치는 거야. 그리고 그 일을 해서 번 돈은 저금을 하고."

방문을 열다 말고 아버지가 다시 한마디 덧붙였다.

"적어도 돈의 일부만이라도 그렇게 하라고."

그런 다음 아버지는 방 안으로 모습을 감추었다.

"아빠, 아빠! 대왕께 줄 저녁 식사를 잊어버리셨어요!"

닉이 소리쳤다.

전화기 옆에 싹이 난 감자가 놓여 있었다. 닉이 감자를 갖고 아버지의 방으로 들어갔다.

"고맙다, 착한 내 아들!"

아버지가 말하는 소리가 들렸다.

마르티나 누나는 펄펄 뛰며 화를 냈다. 티투스에게 과외를 해 주는 것이 싫어서는 아니었다. 누나는 벌써 오래전부터 과외를 하고 싶어 했지만, 대개 고2나 고3이 되어야 그런 일거리를 받을 수 있기 때문에 기다렸던 것뿐이었다. 그리고 과외로 받은 돈의 일부를 저금하는 것에 대해서도 누나는 반대하고 싶은 생각이 없었다. 그러나 아버지가 그렇게 일방적으로 명령하는 것은 도저히 참기 어려운 모양이었다. 누나는 자기가

과외를 하고 싶은지 아닌지 한 번쯤은 물어봤어야 한다고 주
장했다. 그리고 만약 좋은 아버지였다면 전화를 받자마자 이
렇게 말했을 거라고 했다.

'쉐스탁 부인, 그 문제라면 제 딸과 말씀하시지요. 잠깐만
기다리세요, 바꿔 드리겠습니다.'

어머니가 가까스로 누나를 진정시켰다. 중요한 것은 티투스
에게 수학 과외를 해 주고 돈을 받게 되었다는 사실이라고 말
이다.

나는 정원으로 나갔다. 나는 어둑어둑한 저녁 시간에 정원
을 한 바퀴 도는 것을 무척 좋아한다. 아버지 방 창문이 활짝
열려 있었다. 하지만 두꺼운 커튼이 쳐져 있어 방 안이 보이지
는 않았다. 아버지와 닉이 말하는 소리만 들렸다. 닉이 웃는 소
리도 들렸다. 나는 창가에 가까이 다가가지 않았다. 오이대왕처
럼 남의 말을 엿듣고 싶지 않기 때문이다. 공연히 기분이 울
적해졌다. 그리고 슬며시 닉이 불쌍하다는 생각이 들었다.

'지금은 좋겠지. 아직은 아빠와 사이가 아주 좋을 거야. 그
렇지만 몇 년만 지나면 너한테도 그 모든 것이 다 끝나 버릴 거
야.'

아버지와 즐겁게 놀았던 지난 시절이 머릿속에 선명히 떠올
랐다. 그 때는 정말 좋았다. 아버지는 어린아이들에게 무척 잘
대해 주는 편이다. 도미노 게임도 같이 해 주고 레고도 만들어
주고 옛날이야기도 해 주었다. 그리고 산책을 갈 때도 늘 재미

있게 해 주었다. 우리와 숨바꼭질도 했고 술래잡기도 했다. 그때 나는 정말 내게 좋은 아빠가 있다고 굳게 믿었다.

어디에서부터 아버지와 나 사이에 문제가 생기기 시작했는지 생각해 봤지만 뚜렷하게 기억나는 일이 없었다. 그냥 언제부턴가 아버지가 나의 모든 것을 마땅찮아하기 시작했다. 몸을 깨끗하게 씻지 않고, 공손하게 대답하지 않고, 나쁜 친구를 사귀고, 머리를 너무 길게 기르고, 손톱 밑에 때가 많다고 했다. 심지어 아버지는 내가 껌을 씹는 것도 싫어하고 내 옷들도 너무 요란스럽다고 했다. 학교 성적도 아버지가 보기에는 형편없었다. 도무지 집에 붙어 있는 법이 없고 어쩌다 집에 있을 때는 텔레비전을 너무 많이 본다고 혼냈다. 텔레비전을 보지 않을 때는 어른들 말씀에 끼어든다고 나무랐고, 내가 어른들 말씀에 끼어들지 않는다 싶으면 이번에는 또 나랑은 아무 상관도 없는 일을 꼬치꼬치 캐묻기나 한다고 짜증을 냈다. 그래서 내가 아예 아무 일도 안 하고 있으면 허구한 날 빈둥거린다고 꾸짖었다.

누나가 자기도 똑같은 경우라고 했다. 누나는 그 모든 것이 어린아이도 나름대로의 생각이 있고 독립적인 하나의 인격체라는 것을 아버지가 이해하지 못하기 때문에 생긴 문제라고 했다. 아버지가 그런 생각을 받아들이지 못한다는 것이었다. 아버지가 왜 그런지는 누나도 설명하지 못했다.

지하실에서 일어난 사건을 파헤치기 시작했다. 문제가 아주 복잡하다. 닉의 장난감이 중요한 물건으로 등장하다.

10

우리가 물건들을 되찾아온 후부터 오이대왕은 얌전히 지냈다. 아버지 방에서 나오지도 않는 것 같았다.

아무튼 그 날 이후 나는 더 이상 바스락거리는 소리를 듣지 못했다. 그리고 갑자기 물건이 없어져 버리는 일도 일어나지 않았다.

어느새 날씨가 따뜻해지면서 봄이 완연했다. 할아버지가 게이트볼 놀이를 하러 밖에 나가고 없을 때 닉이 나를 찾아와 호두나무에 그네를 매달아 달라고 했다. 마르티나 누나도 티투스에게 과외 공부를 가르치러 가서 집에 없었다. 누나는 티투스를 가르치기가 무척 힘들다고 했다. 그 애가 나처럼 잘 이해하지 못하기 때문이었다. 더구나 그 애는 누나 말을 열심히 듣지도 않는 모양이었다. 마이너스에 마이너스를 곱하면 플러스가 된다는 것을 수도 없이 말했지만 그 애는 매번 머리를 끄덕이기만 할 뿐 머릿속으로는 전혀 엉뚱한 생각만 한다고 불평했다. 누나가 마이너스에 마이너스를 곱하면 어떻게 되느냐고 물으면 언제나 멍청한 얼굴로 모른다는 대답만 되풀이한다는 것이다.

어쩔 수 없이 내가 닉을 위해 그네를 매달아 주어야만 했다. 그리고 닉은 혼자 그네를 잘 타지 못하기 때문에 뒤에 서서 그네를 밀어 주었다.

"형, 아직도 오이대왕한테 화났어?"

닉이 불쑥 물었다.

"닉, 제발 오이대왕 이야기 좀 하지 마. 그래야지 착한 동생이야."

하지만 닉은 착한 동생이 아니었다. 녀석은 계속 내게 오이대왕에 대한 이런저런 말들을 늘어놓았다. 오이대왕이 닉의 동화책에서 빨간 모자를 쓴 왕을 보고 빨간 모자를 좋아하게 되어 그것을 갖고 싶어 하니 누나가 그런 모자를 하나 만들어 가련하고 불쌍한 오이대왕의 마음을 달래 주었으면 좋겠다는 말도 했다.

"볼피 형, 대왕은 정말 고민이 무척 많아. 쿠미-오리들이 다시 모시러 올 거라고 굳게 믿고 있어. 하지만 아직 아무도 오지 않고 있잖아. 대왕이 우리 집에 살게 된 지도 벌써 오래되었는데 말이야. 쿠미-오리들이 정말 못된 것 같아, 그치?"

나는 그네를 힘껏 밀어 준 다음 닉의 옆을 떠났다. 수영장에 갈까 생각했지만 갑자기 하고 싶은 일이 생각났다. 오이대왕의 말이 과연 진실인지 확인해 보고 싶었다. 정말로 지하 2층에 오이대왕의 쿠미-오리들이 살고 있는지 무척 궁금했다. 왜 진작 그들을 찾아볼 생각을 하지 못했는지 안타깝다는 생각도 들었다.

나는 집 안으로 들어갔다. 부엌에는 어머니가 앉아 있었다. 지하실로 들어가는 모습을 어머니에게 들키고 싶지 않아 부엌 옆을 조심조심 지나갔다.

조심스럽게 지하실 문을 열었다. 그리고 지하실에 불을 켜고 문을 닫은 다음 계단을 내려갔다. 지하 1층은 예전과 똑같았다. 할아버지의 연장들이 놓여 있는 선반, 닉의 세발자전거 그리고 잼이 들어 있는 병들.

지하 2층으로 내려갔다. 아래쪽 한 귀퉁이가 사방 15센티미터 정도 잘려 나간 지하 2층 문이 보였다. 할아버지는 그것이 고양이를 위해 만들어 두었던 것 같다고 했다. 전에 이 집에 살던 사람들이 고양이가 쉽게 들락날락할 수 있도록 그런 구멍을 만들어 놓았을 거라는 말이었다.

그런데 그 고양이 구멍은 이상한 흙구덩이들로 막혀 있었다. 몇 달 전에 지하실에 내려가 보았을 때만 해도 구멍은 막혀 있지 않았다. 어쨌든 지하 2층 문을 열려고 했지만 문이 꼼짝

도 하지 않았다. 큰 소리가 나면 어머니와 닉에게 들릴지도 모르기 때문에 쾅쾅 칠 수도 없었다. 할아버지의 연장 선반에서 길고 끝이 뾰족한 끌을 꺼내 왔다. 그것을 문과 문기둥 사이에 끼워 넣었다(물리 선생님이 그런 나를 보았다면 내가 지렛대 원리를 이용하고 있다고 말했을 것이다).

지렛대 원리가 작용되자 자물통이 우지끈 소리를 내며 떨어졌다. 그래도 문은 여전히 열리지 않았다. 잡아당겨도 보고 흔들어 보기도 했다. 겨우 조금 틈이 벌어지기는 했지만 불과 3센티미터 정도밖에 되지 않았다. 문에 접착 테이프가 둘러져 있기 때문이었다. 문틀과 문 사이로 끈적끈적한 갈색 테이프가 보였다. 테이프가 아직 끈적거리는 것으로 보아 최근에 붙여 놓은 모양이었다. 그리고 접착 테이프는 문의 안쪽, 그러니까 지하 2층 쪽에 붙어 있었다.

할아버지의 연장통에서 커다란 정원용 가위를 꺼내 끈적끈적한 테이프를 잘라 냈다. 그제야 문이 열렸다.

지하 2층에는 전등이 없었다. 나는 열쇠 꾸러미에 달려 있는 스포츠 카 손전등을 켜고 지하 2층으로 내려갔다. 층계가 습하고 미끄러웠다. 벽도 축축했다. 지하실로 이어지는 사다리가 아주 길었다. 계단의 수를 세어 보았다. 모두 서른일곱 개였고, 계단 턱이 아주 높았다. 막상 내려가서 보니 지하실이 제법 커 보였다. 손전등으로 벽을 자세히 살펴보았다. 벽이 반듯하고 매끄럽지가 않고 온통 울퉁불퉁했다. 여기저기에 틈까지 벌어져 있어서 전등불에 이상한 그림자가 생겨났다.

벽의 제일 아래쪽에 구멍이 여러 개 나 있었다. 구멍들은 지름이 약 15센티미터가량 되었다. 한쪽 벽에는 지름이 약 50센티미터쯤 되어 무릎까지 닿는 큰 구멍도 하나 있었다. 그리고 그 구멍의 가장자리에는 작은 흙덩이들로 만들어진 이상하게 생긴 모양들도 보였다. 자잘한 자갈돌들이 흙덩이 사이사이에 있었고, 달팽이집도 있었다.

나는 흙덩이로 장식되어 있는 구멍 안으로 불빛을 비추었다. 그 안에도 작은 돌, 달팽이집, 흙덩이들로 장식해 놓은 길이 있었다. 그리고 그 뒤로 작은 구멍이 하나 나 있는 것이 보였다. 그렇지만 손전등 불빛이 미치지 않아 그 안까지 들여다볼 수는 없었다.

나는 축축한 바닥에 엎드려 작은 구멍들 가운데 하나를 불빛에 비춰 보았다. 뭔가 바스락거리는 소리가 났고, 휙 지나가는 듯한 소리도 났다. 그러나 그런 소리가 그 안에서 났다고 확신할 수는 없었다. 어쩌면 등 뒤에서 난 것 같기도 했다. 나는 지하실 한가운데 서서 이렇게 말했다.

"여보세요, 거기 누구 안 계세요?"

다시 바스락거리는 소리가 났다.

"여보세요, 여보세요!"

다시 한 번 불렀다. 그런 내 자신이 바보처럼 느껴졌다. 지하실에 내 목소리가 울려 퍼졌다. 울림 때문에 '여보세요' 소리가 두 번 더 났다. 이상하게도 무섭다는 생각은 들지 않았다.

구멍들 뒤에서 바스락거리는 소리가 났고, 누군가 속삭이는 소리도 났다.

"난 당신들의 친구예요! 아무 짓도 하지 않을 겁니다!"

나는 차분한 목소리로 아주 천천히 말했다. 그런 내가 더 바보가 된 듯한 느낌이 들었다. 마치 내가 선교사가 되어 밀림 한복판에서 외치고 있는 기분이었다.

혹시 쿠미-오리들이 정상적인 말로 하면 이해하지 못하는 것이 아닌가 하는 생각이 슬며시 들었다. 나는 다른 식으로 말하기로 했다.

"짐은 그대들의 친구다! 짐, 아무 짓도 안 한다, 쿠미-오리들아!"

구멍 뒤에서 속삭이는 듯한 소리가 더 커졌고 웅성거리는 소리가 선명하게 들렸다.

"어서 나오라! 아무 일 안 일어난다!"

나는 다시 큰 소리로 외쳤다.

"바보! 그런 우스꽝스러운 말투는 집어치워. 우리한테 정상적으로 말해도 된단 말이야."

구멍 안에서 갑자기 높은 톤의 목소리가 들렸다.

너무나 부끄러웠다.

"미안해. 하지만 우리 집에 그렇게 이상하게 말을 하는 쿠미-오리가 있어서 그렇게 말해야 되는 줄……."

커다란 구멍 안에서 웅성거리던 소리가 갑자기 커졌다. 이윽고 작은 쿠미-오리 다섯 마리가 구멍 입구 밖으로 머리만 빠끔히 내밀었다. 모두 쿠미-오리 대왕과 닮았지만 오이 같은 녹색이 아니라 감자 같은 갈색이었다. 내가 손전등을 비추자 쿠미-오리들이 눈을 찡그리며 손으로 얼굴을 가렸다. 그들도 오이대왕처럼 손에 조그만 장갑을 끼고 있었다. 머리와 비교했을 때 손이 아주 컸고 손가락이 두툼하고 넓적한 회갈색이었다.

"도대체 무슨 일이야?"

다섯 마리의 쿠미-오리들 가운데 누군가가 물었다.

"너희들 왕이 지금 우리 집에 있어."

내가 대답했다.

"그건 우리도 알고 있어."

다섯 마리 가운데 맨 왼쪽에 서 있던 쿠미-오리가 말했다.

"우리는 왕에 대해 아무 말도 듣고 싶지 않아."

그 다음 번에 서 있던 쿠미-오리가 말했다.

"그리고 우리는 그자가 어디를 가든 아무 상관도 없어."

가운데 서 있는 쿠미-오리가 말했다.

"우리는 누가 우리를 찾아오는 것도 싫고 조용하게 지내고 싶을 뿐이야."

마지막으로 남아 있던 쿠미-오리가 말했다.

나는 할 말이 없었지만 쿠미-오리들과 이야기를 더 나누고 싶어서 이렇게 물었다.

"혹시 내가 도와줄 일은 없을까? 오이대왕보다 너희들이 훨씬 더 내 마음에 드니까 무슨 일이든 해 주고 싶어."

잠시 침묵이 흘렀다. 잠시 후 작은 구멍들 속에서 시끄러운 소리가 났다. 큰 구멍에 있던 쿠미-오리 다섯 마리가 머리를 맞대고 뭔가 귓속말을 나누었다.

"조용히 해! 제발 조용히, 조용히!"

가운데 서 있던 쿠미-오리가 큰 소리로 외쳤다.

구멍 속이 다시 조용해졌다.

"쿠미-오리 여러분! 저 소년을 믿어 볼까요?"

가운데 서 있던 쿠미-오리가 물었다.

회갈색의 쿠미-오리들이 작은 구멍 밖으로 머리를 내밀고 나를 빤히 쳐다보았다. 나는 내가 지을 수 있는 가장 선한 표정을 보여 주었고, 순한 양처럼 웃으며 밀림에 들어간 선교사의 기분을 다시 느꼈다. 쿠미-오리들이 나를 유심히 훑어보았다. 기분이 괜찮아 보였다.

"믿어도 되겠습니까?"

큰 구멍 속에 있는 다섯 마리 쿠미-오리들이 다시 물었다.

작은 구멍 속에서 "좋아요."라고 외치는 소리가 여기저기에서 터져 나왔다.

쿠미-오리들이 내 인상을 좋게 본 것이 자랑스러웠다.

"좋아요. 믿어 보기로 합시다."

큰 구멍 속에 있던 다섯 마리 쿠미-오리들 가운데 하나가 말했다.

쿠미-오리 다섯 마리가 커다란 구멍 밖으로 나왔다. 그리고 내게로 가까이 다가와 손을 내밀었다. 억세고 힘 있는 손들이었다. 밀가루 반죽 같은 느낌은 전혀 나지 않았다. 작은 구멍 속에 있던 쿠미-오리들도 역시 밖으로 나왔다. 쿠미-오리들이 내 주위를 에워쌌다. 모두들 회갈색이었고 오이대왕보다는 키가 더 작고 몸은 말랐지만 손과 발은 오이대왕의 것보다 훨씬 더 컸다.

"내가 무엇을 도와주어야 하지?"

한 쿠미-오리가 연장이 필요하다며 땅 위에 연장이 많다는 소문을 들었다고 했다. 무엇을 파거나 뽑아 내거나 섞거나 할 때 모든 것을 손으로만 하고 있는데 연장 같은 것이 있으면 참 좋을 것 같다는 거였다. 그리고 못도 몇 개 있으면 좋겠고, 이왕이면 철사도 조금 있으면 좋겠다고 했다. 아무튼 필요로 하는 것들이 많았다. 그들은 쿠미-오리 새끼들을 위해 학교를 짓고 회의실과 체육관도 지을 계획을 갖고 있었다. 그리고 지하실에 있는 감자밭도 갈아야 하는 모양이었다.

옛날에 오이대왕을 왕으로 모시고 있었을 때는 학교도, 회의실도, 체육관도 없었다고 다른 쿠미-오리가 말했다. 그들은 날마다 쭈그리고 앉아 입으로 흙을 오물오물 씹어서 그것으로 오이대왕을 위한 커다란 궁전을 지어야만 했다고 말했다. 쿠

111

미-오리의 침은 풀 같아서 흙을 잘 붙게 만드는 성질이 있었다. 오이대왕이 살았다는 궁전은 커다란 구멍 속 닭 뒤에 있기 때문에 내 눈으로 직접 볼 수는 없었다. 그렇지만 한 쿠미-오리가 구멍 근처의 장식품을 손으로 가리키며 이렇게 말했다.

"저것 하나 만드는 데 우리 가족이 3대째 일을 해야 했어."

트레페리덴 왕조가 통치를 하는 동안 쿠미-오리 새끼들은 학교에도 갈 수 없었다. 높은 벼슬아치의 자식들만 학교에 들어갈 수 있기 때문이었다. 그리고 그들은 지하실의 감자밭에 근근이 목숨을 연명할 만큼만 감자를 심을 수 있었다. 나머지 시간에는 언제나 왕의 궁전에 쓸 장식품을 만들기 위해 하루 종일 흙을 입에 넣고 씹어야만 했다.

또 다른 쿠미-오리는 그렇게 살아오느라 하지 못했던 일들이 많기 때문에 지금부터 할 일이 무척 많다고 했다. 없는 것이 한두 가지가 아니라는 거였다.

그렇지만 큰 구멍 속에서 나온 쿠미-오리 다섯 마리는 결국 자신들이 모든 것을 해낼 것이라고 말했다.

나는 지하 1층으로 올라가 쿠미-오리들에게 쓸 만하다고 생각되는 것들을 주섬주섬 주워 모았다. 층계를 세 번씩 오르락내리락하면서 물건들을 잔뜩 갖다 주었다.

쿠미-오리들이 가장 좋아한 것은 닉의 모래놀이 장난감들이었다. 그들은 그것을 무척 신기해했으며 내게 또 놀러 오라고 했다. 그리고 자꾸 고맙다는 인사를 했다. 어떤 쿠미-오리는 나를 위해 동상을 만들겠다는 말도 했다. 그러자 다른 쿠미-오리들이 비명을 질렀다. 그 동안 수없이 많았던 동상들을 모두 없앴기 때문이었다. 나는 어차피 동상 같은 것은 바라지도 않으며 닉의 장난감이 그렇게 귀중한 것도 아니라고 말했다. 닉에게는 새로운 장난감이 많기 때문이었다.

지하실에서 나와 위층으로 올라갔을 때에는 온몸이 먼지투성이였다. 어머니는 내게서 아주 고약한 냄새가 난다면서 어디에 갔다 왔느냐고 물었다. 솔직히 말해 봤자 어머니만 흥분시킬 것 같아서 나는 아무 대답도 하지 않았다.

그렇지만 누나한테는 모든 사실을 털어놓았다. 우리는 친구나 다른 아이들을 찾아가 못쓰는 모래놀이 장난감들을 모아 오기로 했다.

"무엇에 쓸 거냐고 사람들이 물어보면 어떻게 하지?"

내가 누나에게 묻자 누나가 빙그레 웃었다.

"불쌍한 흑인 아이들을 위한 거라고 하지 뭐. 그럼 분명히 믿을 거야."

아이들이 내 머리가 어떻게 되었다고들 한다. 사람들이 흑인을 그렇게 좋아하는 줄은 난생 처음 알았다. 쓰레기가 엄청나게 많아신다. 우리는 어머니한테 아무 말도 하지 않았다. 이번 장에서는 할아버지가 격분한다.

11

"볼프강 호겔만이 완전히 돌았어."

학교에서 우리 반 남자아이들이 그렇게 말했다. 내가 갑자기 수학을 잘하게 된 것이 그 첫째 이유였다. 둘째는 내가 모래 놀이 장난감을 갖다 달라고 부탁했기 때문이었다.

사람의 심리가 어떻다며 떠벌리기 좋아하는 에리히 후버는 뭐든지 다 알고 있다는 듯이 자신 있게 말했다.

"볼프강의 머릿속이 수학 문제로 가득 차 있는 거야. 머릿속의 아주 작은 세포들이 미친 듯 계산을 하는 거지. 하지만 세포들이 그렇게 하고 싶어서 하는 것은 아냐. 실제로는 전혀 다른 것을 하고 싶어 하는 거야. 그래서 작은 뇌세포들은 계산을 전혀 할 수 없었던 아주 어린 시절을 그리워하게 된 거지. 그래서 그 뇌세포들이 볼피로 하여금 옛날 장난감들을 모아 오게 만드는 거야. 볼피가 다시 어린아이처럼 되기를 바라는 거지. 그렇게 되면 더 이상 계산을 하지 않아도 되니까 말이야."

에리히의 설명이었다.

모두들 그 말을 듣고 깔깔 웃었다. 그렇지만 내가 아이들에게 장난감이 필요한 이유를 솔직히 말해 주었다면 아이들은 더 큰 소리로 웃어 대며 내가 정말 미쳤다고 생각했을 것이다.

티투스가 모래놀이 장난감 세트를 아주 새것으로 열여섯 개나 갖다 주었다. 모두 그 애 여동생의 것이었다. 그 애 여동생은 물건을 닥치는 대로 다 사고 싶어 하는 아이다. 매주 장난감을 사 달라고 조르기 때문에 일주일에 한 번씩 새것을 받는 것이다. 쉐스탁 부인은 20실링밖에 안 되는 장난감 값 때문에 골치를 썩고 싶지 않다며 그것들을 다 사 주었다.

어쨌든 통, 삽, 갈퀴 등 모래놀이 장난감 세트가 모두 서른여섯 개나 되었다. 경비원 아저씨에게서 커다란 비닐 가방을 빌렸다. 그리고 그것들을 모두 그 안에 넣고 집으로 향했다.

길에서 뚱뚱한 아주머니 한 분을 만났다. 아주머니는 그렇게 많은 장난감을 가져다 무엇에 쓸 거냐고 내게 물었다. 내가 불쌍한 흑인 아이들에게 줄 거라고 대답한 것이 화근이었다. 뚱뚱한 아주머니는 내가 흑인을 돕기 위해 물건을 모으는 것이 기특하다며 뭔가 도움을 주고 싶다고 했다.

나는 하는 수 없이 그 아주머니를 따라 어느 큰 건물의 6층에 있는 아주머니의 집까지 힘겹게 올라가야만 했다. 그리고 아주머니가 시키는 대로 구식 거실을 지나 부엌으로 갔다. 그곳에 소파로도 쓰는 나무 궤짝이 있었다. 아주머니가 소파 겸 궤짝의 뚜껑을 열고 그 안에 있던 온갖 잡동사니들을 끄집어냈다. 천 조각, 낡은 양말들, 조리용 알람 시계, 빨랫줄, 플라스틱 통, 빈 병, 더러운 빨랫감, 밀짚모자, 닳아빠진 곰돌이 인형, 그 밖에 그것들보다 더 흉측스럽게 생긴 물건들이 꽤 많이 쏟아져 나왔다.

"이 안에 한스가 갖고 놀던 장난감들이 있을 텐데! 벌써 10년째 이 안에 들어 있었거든."

아주머니는 일을 하다 말고 내게 자꾸 아들 한스의 사진을 보여 주었다. 한 장은 장난감을 들고 모래 상자 안에 앉아 있는 모습이었고, 한 장은 견진 성사를 받으러 가는 모습이었고, 한 장은 결혼 사진이었으며, 한 장은 새로 태어난 또 한 명의 한스를 안고 서 있는 모습이었다.

아주머니는 물건을 찾으며 계속 중얼댔다.

"그럼, 좋은 일에는 동참을 해야지. 동참해야 되고말고! 불쌍한 흑인들을 위해서라면야! 사막에 모래는 그렇게도 많은데 장난감은 하나도 없으니, 원!"

마침내 궤짝 안이 텅 비었다. 모래놀이 장난감은 그 안에 없었다. 어차피 마지못해 따라왔기 때문에 얼른 밖으로 나가려

고 했다. 하지만 아주머니가 흑인들을 위해 뭔가 다른 것을 주고 싶다며 굳이 나를 붙잡았다. 모래놀이 장난감을 모아 오는 것만 내 책임이고 다른 것들은 다른 아이들이 구해 오기로 했다고 말했지만 아주머니는 닳아빠진 곰돌이 인형을 막무가내로 내 팔에 끼워 넣었다. 그러면서 흑인들을 위해서 기꺼이 주는 것이니 너무 미안해하지 말라고 했다.

그런데 내가 그 곳에 있는 동안 다른 집에 사는 아주머니가 잠시 그 집 부엌에 들렀다. 그 아주머니는 달걀을 빌리러 왔다가 내가 물건을 모은다는 말을 듣고는 서둘러 자기 집으로 갔다. 그래서 내가 곰돌이 인형을 팔에 끼고 층계를 내려가는데 집집마다 문이 열리더니 아주머니들이 물건들을 가지고 줄줄이 나왔다. 가져가지 않으려고 했지만 소용없었다. 집집마다 음식 냄새가 물씬 풍겨 나왔다. 심한 허기가 느껴졌다.

마침내 그 건물을 빠져나왔을 때 내 손에는 곰돌이 인형뿐 아니라 눈알이 빠진 인형 세 개, 머리카락이 없는 인형 두 개, 팔이 빠진 인형 한 개가 들려 있었다. 그리고 바퀴가 빠진 기차, 거무튀튀한 잠옷, 주사위가 없는 주사위 게임 기구, 분유 한 통, 흑인 아이들이 나오는 그림책, 실내화 몇 켤레 등도 있었다. 아주머니들이 그것들을 모두 커다란 비닐 봉지 속에 집어 넣어 주었다. 마음 같아서는 그것을 대문 뒤에 몰래 놓고 오고 싶었지만 건물 관리인이 밖에까지 나와 나를 환송해 주었기 때문에 그럴 수 없었다.

나는 그 많은 짐들을 들고 뒤뚱거리며 걸었다. 비닐 봉지 여기저기가 터지고 찢어졌다. 잡동사니들이 빠져나갔다. 그 물건들을 슬며시 버리고 가려고 세 번이나 시도했지만 매번 누군가 나타나 "여기, 물건을 빠뜨렸잖아. 칠칠치 못하게!" 하고 소리치곤 했다.

나는 고맙다고 인사하며 어쩔 수 없이 그것들을 다시 끌고 갔다. 참 이상한 일이었다. 지난주에 내 지갑에서 5실링짜리 동전이 두 개나 떨어졌을 때는 내 뒤를 따라오며 애써 주워 주는 사람은 아무도 없었는데 말이다.

대문 앞에 어머니가 서 있었다. 내가 너무 늦어서 나를 기다리고 있는 중이었다.

"집 안에 그 물건들은 절대 못 들여놓는다!"

어머니가 엄하게 말했다.

"흑인 아이들을 위해 모아 온 건데 그렇게 싫으세요? 흑인을 위한 수집 캠페인을 거부하시는군요."

내가 어머니한테 장난삼아 말했다.

어머니는 비닐 봉지에서 회색 잠옷을 끄집어냈다. 구두를 닦는 천이 너무 낡았기 때문에 구두닦이 천으로 사용하겠다는 거였다.

"흑인 아이들이라고? 흑인 아이들이 이 더러운 것들을 보면 금방 콧방귀를 뀔 거다."

어머니가 말했다.

"맞는 말이에요."

나는 잡동사니들을 커다란 쓰레기통 속에 몽땅 집어 넣었다. 물론 모래놀이 장난감은 넣지 않았다.

어머니가 눈을 동그랗게 뜨고 나를 보았다. 열심히 낑낑대며 물건들을 갖고 와 놓고 기껏 쓰레기통에나 집어 넣으니 기가 막힌 모양이었다.

바로 그 때 누나가 학교에서 돌아왔다. 누나의 손에도 모래놀이 장난감이 가득 들려 있는 것을 보더니 어머니는 더 놀라워했다.

"나, 열일곱 세트 모았다!"

누나가 소리쳤다.

"난 서른여섯 개야."

내가 자랑스럽게 말했다.

"그럼 모두 쉰세 개구나. 그 정도라면 흑인들이 사하라 사막이라도 뒤엎을 수 있겠다."

어머니가 말했다. 그러고는 고개를 설레설레 저으며 집 안으로 들어갔다.

나는 모래놀이 장난감을 한데 모아 지하실로 내려갔다. 누나는 지하실 문 근처에서 망을 보았다. 지하 2층으로 가는 사다리에서 미끄러졌다. 발판이 너무 미끄러웠다. 그렇지만 비닐 봉지 위로 넘어졌기 때문에 다치지는 않았다. 나는 곧장 큰 구멍으로 가서 큰 소리로 쿠미-오리들을 불렀다.

"모래놀이 장난감을 쉰세 개 갖고 왔어!"

쿠미-오리들이 구멍 속에서 나오며 몹시 기뻐했다. 그들은 비닐 봉지를 신기한 듯 바라보며 무슨 재질로 만들어진 거냐고 꼬치꼬치 물었다. 그래서 나는 지금 당장 점심을 먹으러 가지 않으면 어머니한테 들켜 지하 2층 사정을 털어놓아야 하는

일이 생길 수도 있으니 다음에 설명해 주겠다고 약속했다.

쿠미-오리들도 어머니한테까지 지하 2층 사정을 들키고 싶어 하기 않았다.

"맞아, 맞아, 네 말이 맞아! 우리는 내부적으로도 문제가 많아. 그래서 외적인 문제는 더 이상 처리할 수 없어."

쿠미-오리들이 이구동성으로 말했다.

나는 그들에게 누나는 데려와도 되느냐고 물었다. 그들은 환영하는 기색은 아니었지만 누나가 나와 비슷한 사람이라면 괜찮을 것 같다는 말로 마지못해 허락했다.

나는 지하실 밖으로 나왔다. 누나는 여전히 망을 보고 있었다. 바깥 공기가 신선했다. 배가 몹시 고팠기 때문에 점심 식사가 무척 반가웠다.

할아버지와 닉은 기차 전시회에 가고 집에 없었다. 닉은 누나와 나보다 수업이 훨씬 일찍 끝났다.

점심으로 스파게티를 먹었다. 우리 집에서는 스파게티를 먹을 때마다 꾸중을 듣는다. 국수를 돌돌 말아서 먹지 않고 돼지처럼 접시에 입을 대고 후루룩 들이마시기 때문이다. 하지만 바로 그 점이 스파게티를 먹는 묘미다.

어머니는 여느 때와 좀 달랐다. 보통 때면 식사 도중에 말을 하지 못한다. 배가 아파도 말을 해서는 안 된다. 또 코를 푸는 것도 구역질이 난다며 어머니가 하지 못하게 한다. 그런데 우리가 소리를 내며 스파게티를 먹는데도 어머니는 웬일인지 꾸짖지 않았다.

"너희들 장난감 갖다 뭐 했니? 정원에 없더라."

어머니가 우리한테 물었다.

"정원 뒤쪽에 있어요."

내가 거짓말을 했다.

"아니, 거기에도 없었어."

어머니가 다시 말했다.

누나가 스파게티를 입 속으로 빠르게 들이마시며 우물거렸다.

"내 방에 갖다 놓았어요."

"아니, 그렇지 않아!"

어머니가 다시 큰 소리로 말했다.

"그럼 누군가 벌써 그것들을 슬쩍해 간 모양인데요."

내가 화난 표정으로 말했다.

"도대체 누가?"

어머니가 물었다.

"아마 흑인 아이들이겠죠."

누나가 말했다.

어머니가 벌컥 화를 냈다. 어머니는 자신이 좋은 어머니라고 믿고 있기 때문에 당신한테만은 진실을 말해 주기를 바랐다고 했다. 우리는 어머니가 좋은 어머니인 것은 맞지만 그렇다고 어머니에게 모든 사실을 털어놓아야 하는 것은 아니라고

125

했다. 어머니는 정말 좋은 어머니였기 때문에 그 말을 그대로 받아들였다.

우리는 우리도 착한 자식이라는 것을 보여 주기 위해 설거지를 했다. 그 때 할아버지가 닉과 함께 집으로 돌아왔다. 닉이 전시장에서 굉장히 멋있는 기차를 보았다고 말했다.

어머니가 할아버지한테 스파게티를 권했지만 할아버지는 입맛이 없다며 아무것도 먹지 않겠다고 했다. 얼굴색도 안 좋아 보였고 어딘가 불편해 보였다. 왼손이 부들부들 떨렸고 한쪽으로 기울어진 입이 실룩거렸다. 할아버지가 화가 났을 때 나타나는 증상이었다.

할아버지는 낮잠이나 자겠다며 침실로 갔다.

"네가 할아버지를 노엽게 했니?"

어머니가 닉에게 물었다.

닉은 자기가 할아버지를 화나게 하기는커녕 집에 오는 길에 재미있는 얘기까지 해 드렸는데 할아버지 행동이 이상하더라고 했다. 우리 집이 정신병원처럼 되어 버렸기 때문에 차라리 양로원으로 가야 할 것 같다는 말을 할아버지가 했다는 거였다.

"귀여운 막내야."

누나가 닉을 불렀다.

"네가 할아버지한테 무슨 재미있는 얘기를 해 드렸는데?"

"정말 재미있는 얘기였어. 머지않아 우리 집에도 시보레처럼 커다란 미제 자동차가 생길 거라고 했어. 보일러도 새것으

126

로 바꿀 거라고 했고! 또 난 기어가 열 개 있는 자전거를 선물받게 될 거라고 했어. 온수가 나오는 수영장 시설도 생길 거라고."

닉이 신나게 떠들었다.

"쓸데없는 헛소리!"

내가 말했다.

"쓸데없는 헛소리가 아냐! 정말 그렇게 된다니까! 형도 착하게 굴면 수영장에서 놀게 해 줄게."

닉이 큰 소리로 말했다.

"복권에 당첨이라도 됐니? 아니면 은행을 털기라도 한 거야?"

어머니가 물었다.

"아니에요, 아니라고요. 그런 짓은 하지 않아요. 무엇 때문에 그런 짓을 해요?"

"그렇다면 어디에서 돈이 나와 자동차도 사고, 수영장도 만들고, 10단 기어 자전거도 사고, 보일러도 새로 놓지?"

누나가 닉에게 물었다.

닉은 그것만은 말해 줄 수 없는 비밀이라고 했다. 녀석은 이미 많은 것을 털어놓았으면서도 굳이 그렇게 말했다. 그러면서 머지않아 우리가 아버지를 아주 자랑스럽게 생각하게 될 거고, 아버지를 과소평가했던 것이 얼마나 큰 잘못이었는지 알게 될 거라는 말만 되풀이했다.

뭔가 짐작이 가는 데가 있었다. 닉이 무슨 말을 하는 건지 정확히 이해할 수는 없었지만 감은 잡을 수 있었다.

"막내야, 너 할아버지한테는 비밀을 다 털어놓았겠지?"

내가 닉에게 물었다.

닉의 얼굴이 새빨개졌다.

"할아버지한테는 비밀을 거의 다 말해 주었어. 하지만 그건 내가 정신없이 기차를 보느라 비밀을 지켜야 한다는 걸 깜빡했기 때문이야. 하지만 할아버지는 다른 사람에게 절대로 말하지 않겠다고 내게 약속했어. 우리 식구들한테도 절대 안 알려 줄 거야."

어머니가 긴 한숨을 내쉬었다. 누나가 닉이 비밀을 말하도록 해 달라고 어머니한테 부탁했다. 사실 닉은 쉽게 넘어가는 아이였다.

'좋아, 그까짓 비밀 듣고 싶지도 않아! 너한테는 관심도 없으니까. 이제부터 너와는 말도 하지 않을 거야.'라고 말하면 닉은 그 즉시 모든 것을 털어놓을 것이다.

그렇지만 어머니는 쉰세 개나 되는 모래놀이 장난감들이 어디로 갔는지, 그리고 흑인 아이들을 위한 장난감 수집이 무슨 뚱딴지 같은 소리인지 말하라고 우리에게 억지로 강요하지 않았듯이 우리도 닉에게 강요해서는 안 된다고 했다. 그리고 어머니는 그것보다 더 중요한 일은 할아버지를 잘 관찰하는 일이라고 했다. 어머니는 할아버지가 혹시 뇌졸중을 다시 일으

킬지 모르겠다며 걱정했다. 언젠가 의사가 입술이 실룩거리고 왼손이 떨리는 것이 뇌졸중의 징후라고 말했기 때문이다.

닉은 정말 귀찮은 녀석이었다. 녀석은 쉰세 개의 모래놀이 장난감들이 어디에 있느냐며 야단이었다. 그리고 흑인을 위해 모은 수집품을 자기에게도 달라고 졸라 댔다. 그러면서 우리에게 어서 비밀을 털어놓으라고 했다.

"너도 우리한테 숨기는 거 있잖아."

내가 닉에게 말했다.

"하지만 난 아무에게도 그 말을 하지 않겠다고 굳게 약속했단 말이야."

닉이 울먹이며 말했다.

"누구와 약속했는데?"

어머니가 물었다.

닉이 난감한 표정을 지었다. 녀석은 그 말에 대한 대답이 비밀의 일부인지 아닌지 판단이 서지 않는 모양이었다.

"아빠와 약속했니? 아니면 대왕하고?"

내가 조심스럽게 물었다.

닉은 입술을 굳게 다물었다. 하지만 우리는 녀석의 눈빛을 읽어 낼 수 있었다. 아직 어린아이라서 속마음을 잘 감추지 못하기 때문이었다. 닉의 눈에 이미 긍정의 표시가 있었기 때문에 우리는 닉이 아버지와 오이대왕 모두에게 약속했다는 것을 알 수 있었다.

"어린애를 괴롭히지 말고 그냥 두어라. 어차피 닉은 무엇을 어떻게 해야 할지 아무것도 모르고 있어."

어머니가 우리에게 오통을 쳤다.

"하지만 그런 사람이 우리 집에 저 애 혼자만은 아니에요!"

내가 어머니한테 말했다.

어쨌든 나는 닉을 더 이상 괴롭히지 않기로 했다. 그리고 닉이 싹이 난 감자를 들고 아버지 방으로 들어가는 것을 보고도 비웃지 않았다.

모든 것이 뒤죽박죽이다. 다만 분명한 것은 내가 닉의 비밀을 알아냈다는 사실이다. 그 결과 식구들 사이에 흔히 있을 수 있는 정상적인 말다툼이 아니라 예측 불가능한 대혼란이 빚어졌다!

12

마음이 편치 않았다. 할아버지가 왜 그렇게 입술을 실룩거리고 손을 떨었는지 생각하느라 머리가 터질 지경이었다. 나는 할아버지 방 문에 귀를 바짝 갖다 대고 코 고는 소리가 나는지 엿들었다. 그래야만 할아버지가 자는지 알 수 있기 때문이었다. 방 안에서 코 고는 소리가 들리지 않아 방문을 두드렸다. 할아버지가 방문을 열어 주었다. 나는 할아버지의 침대에 걸터앉아 할아버지에게 할 말이 있다고 했다.

반드시 닉의 비밀을 알고 싶었다. 단지 호기심 때문이 아니었다. 할아버지가 입술을 실룩거릴 정도라면 뭔가 대단히 심각한 일일 테니까 적절한 대처를 해야 할 것 같았다.

할아버지는 먼저 담배에 불부터 붙였다. 그리고 닉이 아주 이상한 말을 하더라고 했다. 할아버지도 모든 것을 잘 이해하지는 못한 모양이었다. 분명한 것은 쿠미-오리들이 모시러 오지 않아서 쿠미-오리 대왕이 몹시 화를 내고 있다는 것, 그래서 대왕은 복수를 하기 위해 쿠미-오리들을 모두 처단하기로 결심했다는 거였다. 하지만 대왕 혼자 힘으로는 아무것도 할 수 없기 때문에 아직까지 실행하지 못하고 있는 상태였다. 그래서 쿠미-오리 대왕을 위해 아버지가 쿠미-오리들을 대신 처단하기로 약속한 모양이었다.

"아버지가 뭘 어떻게 한다고요?"

내가 물었다(나는 나쁜 의미를 지닌 말은 잘 이해하지 못하는 버릇이 있다).

"네 아빠가 지하실에 있는 쿠미-오리들을 모조리 죽이겠다는 거지."

할아버지가 말했다.

"안 돼요!"

내가 소리를 꽥 질렀다.

"닉이 그랬다니까!"

"도대체 왜요? 아무 짓도 하지 않았잖아요! 쿠미-오리들은 자기 새끼들을 위해 학교로 쓸 큰 구멍을 만들고 있는 중이란 말이에요. 그들은 모래놀이 장난감 몇 개만 있으면 평화롭게 지낼 수 있다고 했어요."

나는 할아버지한테 지하 2층에 대해 자세하게 말해 주었다.

그리고 왜 아버지가 그런 나쁜 짓을 하려고 하는지에 대해 할아버지한테 다시 물었다.

"그렇게 해 주면 오이대왕이 미제 자동차, 새 보일러, 수영장, 뭐 그런 것들을 주겠다고 약속했다는구나."

"하지만 오이대왕한테는 돈이 없잖아요."

할아버지가 어깨를 들썩해 보였다. 그것까지는 할아버지도 잘 모르는 모양이었다. 닉에게 그런 것까지 꼬치꼬치 캐묻지는 못했다고 했다.

"그런데 어떻게 죽이겠다는 거예요?"

"물로 어떻게 한다더라."

할아버지가 힘없이 중얼거렸다.

나는 누나와 그 문제에 대해 상의했다. 우리는 닉을 그대로 두어서는 안 되겠다고 결론 내렸다. 어머니가 그러지 말라고 했지만 어쩔 수 없는 일이었다. 내가 닉을 우리 방으로 불러 왔고 누나와 내가 함께 닉을 채근했다. 나는 엄포를 놓았고 누나는 부드럽게 달랬다.

"빨리 말해. 안 그러면 시퍼렇게 멍들 때까지 때려 줄 거야, 이 나쁜 녀석아!"

"누나한테만 말해 봐. 안 그러면 너랑 일주일 내내 말도 안 할 거야."

협박이 도무지 먹혀들지 않았다. 닉은 계속 입을 굳게 다물었다. 그 때 다행히 '네 말은 콩으로 메주를 쑨대도 믿지 않을 거야' 작전이 생각났다. 그래서 기렁뱅이나 나름없는 오이대왕이 무슨 수로 아버지한테 그런 것들을 해 줄 수 있느냐고, 그게 말이나 되느냐고 비아냥거렸다.

닉이 그제야 반응을 보였다.

"오이대왕한테 자동차 보험 회사의 쿠미-오리 황제 친구가 있기 때문에 돈 같은 것은 하나도 필요하지 않아. 그 황제가 한마디만 하면 회장이 쩔쩔맨대. 회장이 아빠를 사장으로 승진시켜 주게 만들면 아빠가 그 모든 것을 다 살 수 있어."

눈앞이 캄캄했다. 누나의 얼굴도 하얗게 질렸다. 닉은 얼떨결에 비밀을 털어놓았다는 것을 뒤늦게 깨닫고는 얼굴이 붉으락푸르락 변했다.

"그런데 아빠가 지하실에 있는 쿠미-오리들을 어떻게 죽이겠다는 거니?"

마르티나 누나가 물었다. 하지만 닉은 더 이상은 한마디도 하지 않았다. 해결책은 한 가지뿐이었다. 우리는 닉을 앞세워 지하실로 내려가기로 했다.

"넌 정말 인정머리 없는 나쁜 녀석이야. 어서 쿠미-오리들을 보러 가자. 네가 그렇게 존경하는 아버지와 오이대왕이 그것들을 전부 죽여 없애 버리기 전에."

내가 어금니를 꽉 문 채 말했다.

닉은 가지 않겠다고 버텼다. 지하실도 무섭고 나쁜 쿠미-오리들이 나타날까 봐 두렵다면서 비명을 질러 어머니를 부르겠다고 했다. 누나가 닉의 입을 틀어막았다. 나는 커다란 손전등을 챙겼다. 우리는 발버둥 치는 닉을 지하 2층까지 끌고 갔다. 닉은 온몸을 사시나무 떨듯 바들바들 떨었다. 무서워서 그러는지 지하실이 추워서 그러는지 잘 알 수 없었다. 누나가 닉 곁에 바짝 붙어 섰다.

내가 큰 구멍으로 가서 소리쳤다.

"내 동생하고 누나를 데리고 왔어. 너희들과 인사를 하고 싶대."

곧 쿠미-오리 다섯 마리가 커다란 구멍 밖으로 나왔다.

"안녕, 친구들!"

그들이 몸을 숙이며 인사했다. 그리고 아주 다정한 표정을 지었다. 다들 손에 갈퀴와 삽을 들고 있었고 땀에 흠뻑 젖어 있었지만 기분은 좋아 보였다.

"안녕, 친구들! 네가 우리에게 준 삽으로 유치원 공사를 끝낼 수 있었어."

몸이 작고 동그스름하고 짙은 회갈색인 쿠미-오리 하나가 큰 소리로 신나게 말했다.

"학교 공사도 곧 끝낼 수 있을 거야."

몸이 마르고 긴 회색 쿠미-오리가 말했다.

"모레면 우리 아이들이 배불리 먹을 수 있도록 지하실 바닥을 일궈 감자를 더 좋은 품종으로 더 많이 심을 수 있게 될 거야."

몸에 갈색과 회색 얼룩이 있는 쿠미-오리가 말했다.

쿠미-오리들은 학교로 쓰고 있는 구멍을 손으로 가리켰다.

"얘들아, 어디 한번 밖으로 나와 보렴."

쿠미-오리 한 마리가 구멍에 대고 소리쳤다.

구멍 속에서 킬킬거리는 소리와 바스락거리는 소리가 났다. 아주 작고 수많은 하얀 쿠미-오리들이 공처럼 밖으로 굴러 나왔다. 눈은 연한 푸른색이고 볼은 짙은 분홍색이었으며 입술은 연한 보라색이었다.

"야, 정말 귀엽다! 하얀 쥐들보다 훨씬 더 잘생겼는데!"

닉이 큰 소리로 외쳤다.

"적어도 네가 좋아하는 오이대왕보다는 귀엽지."

내가 말했다. 하지만 닉은 들은 척도 하지 않았다. 그러고는 바닥에 배를 깔고 엎드려 쿠미-오리 새끼들과 장난을 치기 시작했다.

쿠미-오리들이 몹시 즐거워하며 놀이에 열중했기 때문에 아버지와 오이대왕의 계획에 대해 차마 말을 꺼낼 수 없었다. 쿠미-오리들은 계획도 많이 세워 놓았고 희망으로 부풀어 있는 것 같았다.

"일년만 지나면 이 지하실이 몰라보게 변해 있을 거야."

큰 구멍에서 나온 쿠미-오리 가운데 한 마리가 말했다. 그리고 그들은 앞으로 만들 것들과 식량을 조달할 방법에 대해서도 열심히 말했다.

"이제 우리는 더 이상 배고픔에 시달리지 않게 될 거야."

쿠미-오리 한 마리가 말했다.

"그리고 네가 군 넌상으로 구멍을 잘 고치면 겨울에 추위에 떨지 않게 될 거야."

큰 구멍에서 나온 다른 쿠미-오리가 말했다.

"어서 말해."

누나가 내 소맷자락을 잡아당기며 속삭였다.

나는 헛기침을 몇 번 하고는 어디서부터 이야기를 시작해야 좋을지 몰라 가만히 있었다. 아버지 때문에 창피한 생각도 들었다.

"어서 말하란 말이야."

누나가 나를 채근했다.

"무슨 말인데?"

큰 구멍에서 나온 쿠미-오리 다섯 마리 가운데 하나가 물었다.

더 이상 피할 수 없었다.

"우리 아버지와 예전에 너희들의 왕이었던 오이대왕이 너희들을 없애려고 해."

지하실 안에 갑자기 침묵이 흘렀다. 쿠미-오리들이 서로 가까이 붙어 앉았다. 언뜻 보면 커다란 감자 같았다. 나는 유심히 그들을 살펴보았다. 두려워하고 있는 것이 느껴졌다. 큰 구멍에서 나온 쿠미-오리 다섯 마리 가운데 하나가 내게 바짝 다

가셨다.

"네 아버지와 트레페리덴 왕조의 마지막 후손이 무엇을 어떻게 하겠다고 한다고?"

닉은 여전히 바닥에 엎드린 채 가만히 있었다. 녀석이 쿠미-오리 새끼 두 마리를 손바닥에 올려놓고 그것들의 분홍색 콧잔등에 입김을 살짝 불어넣자 새끼들이 킬킬거리며 좋아했다.

"닉, 내 말 좀 들어 봐. 대책을 세워야 하니까 아버지와 오이 대왕의 계획을 어서 말해. 그렇지 않으면 저 예쁘고 작고 하얀 쿠미-오리들이 모두 죽고 만다고."

닉이 그제야 바닥에서 일어나 앉았다. 그리고 마른침을 몇 번 삼켰다. 마침내 닉이 손바닥에 올려놓은 쿠미-오리 새끼들을 바라보며 무겁게 입을 열었다.

"내일이나 모레쯤 지하 1층 수도관을 터뜨린다고 했어. 지하 2층으로 물이 새어 들게 해서 아래층에 물이 넘치면 구멍들이 다 막힐 거야. 대왕이 그러는데 쿠미-오리들은 수영을 못한대. 그 일을 아빠가 쉬는 날 한다고 했어. 점심때쯤 지하실로 가서 수도관이 터진 것을 우연히 발견한 것처럼 한 다음 소방서에 전화를 걸어 지하 2층의 물을 퍼낸다는 거야. 그 때쯤이면 쿠미-오리들이 모두 물에 빠져 죽어 있을 거라고 말이야."

내게 질문을 했던 쿠미-오리가 등을 돌려 다른 쿠미-오리들을 바라보았다. 쿠미-오리들은 입도 뻥긋하지 않고 조용히 있었다. 너무 놀란 나머지 얼굴색이 창백해졌다. 조그맣고 하얀 새끼들만 닉과 계속 장난을 쳤다.

"여러분, 이 일을 어쩌면 좋겠습니까?"

큰 구멍에서 나온 다섯 마리 쿠미-오리 가운데 하나가 물었다.

"수영하는 법을 배우면 되지 않을까요?"

한 쿠미-오리가 말했다.

"아니면 배를 만들어요!"

다른 쿠미-오리가 말했다.

"아니면 지하실 문을 막는 건 어때요?"

그렇지만 쿠미-오리들은 결국 그 모든 것이 아무 소용 없다는 결론을 내릴 수밖에 없었다. 그렇게 작은 몸으로 하루 아침에 수영하는 법을 배울 수도 없고 지하실에는 연습할 수 있는 물도 없었다. 그리고 그렇게 짧은 시일 안에 많은 배를 만드는 것도 불가능했다. 그리고 다 낡아 버린 문으로 물이 새어 들어오지 않게 막는다는 것도 불가능했다.

누나는 물이 넘쳐 들어오면 지하 1층으로 올라가 숨어 있으라고 제안했다.

쿠미-오리들이 고개를 내저었다.

"그렇지만 돌아오면 모든 것이 다 망가져 있을 거야. 유치원도 학교도, 모두 다! 바닥은 진흙투성이고 우리가 사는 구멍은 다 막혀 있을 거야! 감자들도 다 썩어 버리겠지. 우리는 감자 없이는 살아갈 수 없어! 도대체 무엇을 먹고 살아가지?"

"너네 아버지가 왜 하필이면 트레페리덴 왕조의 마지막 후손을 도와주려는 거지?"

얼굴이 동그란 쿠미-오리가 내게 물었다.

나는 그에게 자동차 보험 회사의 쿠미-오리 황제와 사장 자리에 대해 설명했다.

그러자 쿠미-오리들이 너도 나도 시끄럽게 떠들었다.

"그 더러운 자식! 영원히 멸망해 버릴 트레페리덴! 나쁜 거짓말쟁이!"

쿠미-오리들은 이 세상에 쿠미-오리 황제라는 것은 존재하지도 않을뿐더러 쿠미-오리 왕도 이제는 없다고 했다. 그들이 왕을 내쫓은 최후의 쿠미-오리들이기 때문이라는 거였다.

"쿠미-오리들은 시멘트로 지어진 집에서는 살 수 없어. 우리는 땅이나 진흙, 습기 같은 것이 필요해. 그리고 지하실도 빛이 전혀 들어오지 않는 아주 깊숙한 곳이어야만 하지."

깡마르고 키가 큰 쿠미-오리가 내게 말했다.

"자동차 보험 회사의 지하실 사정은 내가 잘 알고 있어. 10년 전에 내가 그 곳에서 도망쳐 나왔으니까. 사방이 시멘트로 된 아주 건조한 곳이었어. 구멍을 팔 수도 없어서 쿠미-오리들은 말라 죽어야만 했지. 그 곳에서는 지하실 감자도 자라지 않았어. 생각이 제대로 박힌 쿠미-오리들은 모두 도망쳐 나왔지. 몇 마리만 남았는데 그들은 완전히 다른 것으로 변해 버렸어. 말라비틀어지고 몸 색깔도 하얗게 변했지. 지하실에 쌓아 둔 오래된 서류 뭉치들을 먹으면서 서류 더미 사이 좁은 틈 속에 살았는데 꼴이 말이 아니었어. 말하는 것도 다 잊어버렸다니까! 제대로 걷기도 못했어. 지하실 바닥을 굴러다니면서 비명만 지르곤 했지. 게다가 하나씩 날뛰다가 서로를 죽이려고까지 했어!"

몸에 얼룩이 있는 쿠미-오리가 말하자 다른 쿠미-오리들도 고개를 끄덕였다.

"그렇다면 아빠에게 사장 자리를 줄 수도 없겠네?"

닉이 물었다.

"우리가 할 수 없는 것처럼 그들도 마찬가지야."

줄무늬가 쳐진 쿠미-오리가 말했다.

"너희에게 아무 일도 일어나지 않을 거야. 내가 보장할게. 아버지가 착각했다는 것을 스스로 깨닫게 하든가 아니면……."

누나가 말끝을 잇지 못했다.

"아니면 우리가 아버지를 막겠어."

내가 말을 맺었다.

"맹세할게."

닉도 거들었다.

우리의 약속이 쿠미-오리들을 안심시켰다. 그들은 우리에게 고맙다고 했다. 작은 쿠미-오리들에게는 우리가 키도 아주 크고 힘도 무척 센 것처럼 보였을 것이다.

그들은 우리가 그 약속을 쉽게 지킬 수 있으리라고 믿는 눈치였다. 우리 아버지가 어떤 사람인지 아직 모르기 때문이었다.

계단을 올라가면서 누나가 한숨을 내쉬었다.

"아버지를 막는다고? 그게 말처럼 쉬우면 좋으련만!"

닉이 높은 계단 턱을 오르느라 우리 뒤에서 가쁜 숨을 몰아쉬었다.

"마땅한 방법이 없으면 내가 지하 2층에 앉아 있을 테야! 그럼 아빠도 수도관을 부수지는 못할걸. 내가 물에 빠져 죽도록 놔두지는 않을 테니까."

닉이 말했다.

우리는 지하 1층에서 아빠의 차가 차고로 들어오고 있는 소리를 들었다.

"한번 붙어 보는 거야."

내가 그렇게 말한 다음 닉을 보며 다시 말했다.

"닉, 넌 이번 싸움에서 빠져 주는 게 좋겠다."

닉이 고개를 내젓더니 말했다.

"난 아빠가 무섭지 않아."

나도 그렇게 말할 수만 있다면 참 좋겠다는 생각이 잠시 스치고 지나갔다.

지하실 문을 열고 막 밖으로 나오는데 아버지가 현관문을 열었다. 현관문과 지하실 문은 딱 마주 보고 있었다. 아버지가 눈을 동그랗게 뜨고 우리를 바라보았지만 아무 말도 하지 않았다. 아빠는 외투와 모자를 벗어 옷걸이에 걸려고 했지만 우리를 보느라 외투와 모자를 똑바로 걸지 못해 바닥에 떨어뜨리고 말았다. 아버지는 그것을 눈치도 채지 못한 것 같았다

아버지가 계속 우리를 뚫어져라 바라보았다.

"지하 2층에 갔다 오는 길이에요."

누나가 말했다. 아버지는 여전히 아무 말도 하지 않았다.

"쿠미-오리들을 만났어요. 그리고 그들에게 아버지의 계획을 알려 주었어요."

큰 소리로 말하는 내 목소리가 아주 거칠고 쉰 듯해서 나 자신도 내 목소리라는 느낌이 들지 않았다.

"익사시키면 안 돼요! 입술이 분홍색인 작고 흰 새끼들이 있단 말이에요!"

닉이 소리쳤다.

아버지는 여전히 아무 말도 하지 않았다. 그 때 부엌에서 어머니가 나왔다.

"도대체 무슨 일이니?"

어머니가 물었다.

"아무것도 아니오."

아버지가 중얼거렸다.

그 때 내 몸 속에서 뭔가 터져 버릴 것 같은 느낌이 솟구쳤다. 나는 있는 힘을 다해 소리쳤다.

"아무것도 아니에요. 아빠가 수도관을 부수지만 않는다면요! 그래 봤자 보험 회사의 쿠미-오리 황제 같은 것은 애초부

144

터 있지도 않기 때문에 아빠는 사장이 되지 못할 거예요. 그 곳은 온통 시멘트로 되어 있어요. 아빠는 지금 아무 소득도 없이 쿠미-오리들을 죽이려고 하는 거라고요!"

나는 어머니의 품속에 파묻혀 엉엉 울음을 터뜨렸다. 누나는 내가 그 때 온몸을 떨더라고 나중에 말했다. 어머니는 나를 쓰다듬으며 "세상에, 세상에, 세상에……."라는 말만 계속 했다.

나는 차츰 마음을 가라앉혔다. 그리고 어머니 목에 감고 있던 손도 풀었다.

누나가 아버지를 설득했고 닉도 거들었다. 하지만 그렇게 흥분한 상태에서는 정작 하고 싶은 말은 절반 정도밖에 하지 못하고 목소리만 두 배로 커지게 마련이다. 그래서 우리는 합리적인 방법으로 아버지를 설득시키는 데 실패했다. 게다가 어머니는 수도관을 어떻게 하겠다는 등의 말이 무슨 뜻인지 전혀 모르겠다며 자꾸만 우리의 말을 중간에서 끊었다.

할아버지가 나타나 어머니에게 자초지종을 말했고 우리는 할아버지가 미처 알지 못하는 새로운 사실을 할아버지한테 설명해 주었다. 그리고 설명을 하는 사이사이에 아버지 쪽을 돌아보며 거세게 항의했다. 마침내 사건의 내막을 다 알게 된 어머니도 수도관을 부수면 가만히 있지 않겠다고 말했다. 그리고 할아버지는 당신 자식이 왜 이 모양이 되었는지 알 수 없다며 고개를 내저었다.

오이대왕도 방에서 나왔다. 하지만 그는 거실 문 뒤에 서서 꼼짝도 하지 않았다. 집안 식구들이 모두 격렬하게 언쟁을 벌이고 있는 마당에 차마 나설 엄두가 나지 않는 모양이었다.

"쇼겐민, 이리 오게! 아무 말도 믿지 말게!"

오이대왕이 손짓을 하며 낮은 소리로 아버지를 불렀다.

하지만 아버지는 오이대왕을 보지 않았다. 화도 내지 않았다. 아버지는 정말 아무 말도 하지 않았다.

아버지가 몸을 숙여 바닥에서 모자와 외투를 집어 들었다. 그리고 외투에 팔을 끼더니 모자를 쓴 다음 우리들 곁을 지나 다시 현관문 쪽으로 갔다.

아버지는 그렇게 밖으로 나가 버렸다. 문을 소리나게 꽝 닫지도 않았다. 우리는 아무 말 없이 거실에 가만히 있었다. 잠시 후 대문이 열리고 자동차가 나가는 소리가 들렸다.

어머니는 모든 것을 좋은 쪽으로만 생각하는 버릇이 있다. 자칭 낙천주의자다. 이번에도 어머니는 낙천적이었다.

"다 괜찮아질 거야. 아버지가 모든 것을 다시 잘 생각해 보실 거야. 그리고 다시 돌아오면 정상적으로 되실 거야."

아버지의 자동차가 밖으로 나가는 소리를 들으며 어머니가 말했다.

"에미야, 그러면 얼마나 좋겠냐."

할아버지가 길게 한숨을 토해 냈다. 그리고 다시 방으로 갔다.

오이대왕은 거실 문 뒤에 계속 서 있었다.

"꺼져 버려!"

내가 버럭 소리치자 오이대왕이 눈 깜짝할 사이에 방 안으로 들어갔다.

닉이 그쪽을 시무룩하게 바라보았다.

"안돼 보이니?"

누나가 닉에게 물었다.

닉은 더욱 침울한 표정을 지으며 속삭이듯 말했다.

"나는 대왕이 좋단 말이야."

"아무것이나 다 좋아할 수는 없는 거야. 나쁜 것을 좋아하면 안 돼."

그렇게 말하기는 했지만 나는 내 말이 과연 옳은지 확신이 서지는 않았다.

우리는 기다린다. 계속 기다리기만 한다. 물론 그러면서 잡담도 한다. 한 장으로 묶어 놓기에는 내용이 너무 적어 다음 날 학교에서 일어났던 일도 함께 적기도 한다. 아주 놀랄 만한 일이 벌어졌다.


## 13


저녁 식사 때도 아버지는 돌아오지 않았다. 우리는 9시까지 기다리다가 그냥 우리끼리 저녁을 먹었다. 어머니는 여전히 낙천주의자로 남았다.

"그것 봐라, 그것 봐! 이렇게 늦게 오시는 걸 보니 아버지가 많은 생각을 하시는 모양이야. 이제 아마 정신이 드셨을 거야."

11시가 되자 닉은 침대로 갔고 어머니는 낙천적인 태도를 바꾸기 시작했다.

"아무 일도 없어야 할 텐데. 화가 나면 차를 너무 빨리 모는 버릇이 있는데!"

어머니는 자주 시계를 보며 계속 중얼거렸다.

더 이상의 말은 하지 않았지만 어머니의 얼굴에서 뭔가 끔찍스러운 일을 상상하고 있다는 걸 읽을 수 있었다.

할아버지는 별로 심각하게 생각하는 내색을 보이지 않으려고 했지만 두 시간 내내 신문 머릿기사만 읽고 있었다. 나는 할아버지가 신문보다는 아버지 생각을 더 많이 하고 있는 것을 분명하게 느낄 수 있었다.

기분이 아주 묘했다. 두 가지 상반된 마음이 있었다. 하나는 아버지에 대한 분노였고 다른 하나는 아버지에 대한 걱정이었다. 시간이 지날수록 분노는 작아지고 걱정이 더 커졌다. 아버지와 함께했던 지난날의 아름다운 추억들도 많이 떠올랐다.

누나는 소파 위에 앉아 손톱을 깨물다가 훌쩍였다.

"어쩔 수 없었어. 그 말을 해야만 했어."

"당연해. 그렇게 무작정 수도관을 부수도록 내버려 둘 수는 없지."

어머니가 중얼거렸다.

자정 무렵 어머니가 경찰서에 전화를 걸었다. 하지만 경찰은 시큰둥한 반응을 보였다.

"아주머니, 우리가 자정이 되도록 집에 돌아오지 않는 남편들까지 찾아 나서기로 마음먹는다면 우리는 아마 할 일이 태산같이 많아질 겁니다."

어머니는 아버지가 늦게 집에 오는 사람이 아니라 언제나 정시에 돌아오는, 다른 남편들과는 전혀 다른 타입이라고 말했다.

"네, 네. 우리도 그런 말은 많이 듣습니다."

경찰이 말했다. 어쨌든 경찰은 근방에서 유조차와 승용차가 충돌한 된 한 선의 교통사고밖에 일어나지 않았다는 말로 어머니를 진정시켰다. 어머니는 애써 마음을 진정하고 다시 낙천적으로 생각했다. 그래서 아버지가 어디 호텔에 가 밤을 보내면서 깊은 생각을 하고 나면 다시 괜찮아질 거라고 말했다.

"원래 천성은 좋았어. 정말이란다. 아버지는 너희가 생각하는 것만큼 나쁜 분이 아니야, 정말이고말고!"

우리는 그 말에 반박은 하지 않았지만 그렇다고 수긍한 것도 아니었다. 어머니가 갑자기 말문이 터진 사람처럼 한참 동안 아버지에 대해 이야기했다. 할아버지가 헤르베르트 삼촌을 편애했기 때문에 아버지한테 고민이 많았다는 것, 능력이 탁월한데도 불구하고 직장에서 하급 직책만 맡고 있다는 것, 우리 감각에 맞지 않는 옷을 아버지가 좋아하는 것은 아버지로서도 어쩔 수 없다는 말을 했다. 그리고 집을 사느라 빌린 돈을 갚기 위해 절약을 하는 거니까 아버지를 구두쇠라고 몰아붙이면 안 된다는 말도 했다.

"너희가 그건 이해해 줘야지!"

어머니가 갑자기 언성을 높이며 말했다.

"하지만 아빠를 구두쇠라고 했던 사람은 엄마였잖아."

누나가 말했다.

어머니는 더 이상 아무 말도 하지 않았다. 할아버지가 모두

늦잠 자지 않으려면 어서 자라고 했다.

나도 온몸이 곤죽이 되도록 피곤했다. 그래서 일어나 방으로 가려는데 아버지의 방문이 덜컥 열렸다. 우리는 순간적으로 낙천적인 기대를 했다. 혹시 우리가 모르는 사이에 아버지가 돌아와 창문을 통해 방 안으로 들어간 것이 아닐까 하는 생각이 잠시 들었던 것이다. 하지만 문을 열고 나온 것은 오이대왕이었다.

"호겔만 어디 있어?"

오이대왕이 화를 벌컥 내며 물었다.

"호겔만 씨 없다!"

누나가 소리쳤다.

"짐, 배고프다! 하루 종일 아무것도 못 먹었다!"

오이대왕이 허기진 얼굴로 쳐다보았다.

어머니가 손으로 부엌 쪽을 가리켰다.

"싹이 난 감자들은 싱크대 밑에 있어!"

쿠미-오리 대왕이 고개를 설레설레 내저었다.

"짐, 직접 안 한다! 짐, 안 가져온다!"

"그럼 굶는 수밖에 없지 뭐."

내가 말했다. 하지만 오이대왕은 굶고 싶지는 않은 모양인지 기분 나쁜 얼굴로 우리 곁을 지나가 부엌에서 감자 자루를 통째로 끌고 다시 방으로 들어갔다.

늦게 삼사리에 들었는데도 일찌감치 눈이 떠졌다. 누나가 내

방문을 두드린 것도 아니었다. 아버
지 방으로 가 문을 열어 보았다. 방
바닥에 감자들이 굴러 다녔고 오이
대왕이 침대 위에서 코를 골며 자고
있었다. 아버지는 보이지 않았다.

나는 다시 어머니 방으로 갔다.
누나도 와 있었다. 그 사이 어머니
가 경찰서에 전화를 다시 걸었고 경
찰을 통해 병원에 문의도 다 해 놓
았다. 아버지는 병원에도 없었다.
그렇다면 사고는 당하지 않았다는
의미였다.

"어머니, 혹시 아버지가 우리 곁
을 떠나시려는 건 아닐까요?"

내가 묻자 어머니는 그럴 리가 없
다고 딱 잘라 말했다.

"너희 아버지는 그럴 사람이 아니야. 가족을 그렇게 소홀하게 생각하지 않아. 오히려 지나치게 많이 생각하는 편이지."

우리는 학교로 갔다. 학교에서도 집중이 되지 않았고 무슨 과목 시간인지도 잘 모르고 있다가 셋째 시간에 망신을 당했다. 나는 아버지가 그 사이 다시 집에 돌아왔을까, 그리고 다시 평소의 모습을 되찾았을까 곰곰이 생각하고 있었다. 그 때 짝꿍 프리들이 내 옆구리를 쿡 찔렀다.

"볼피!"

프리들이 나를 살짝 불렀다.

"네 차례야."

그 애가 속삭였다.

나는 자리에서 벌떡 일어나 칠판 앞으로 갔다. 도대체 무슨 질문을 받았는지도 알지 못한 채.

"가서 하트 모양을 하나 그려."

첫째 줄에 앉아 있던 티투스가 내게 속삭였다.

나는 분필을 들고 아래쪽이 뾰족한 커다란 하트 모양을 칠판에 그렸다.

반 아이들이 모두 까르르 웃으며 원숭이들처럼 아우성을 쳤다. 그제야 난 지금은 생물 시간이고 하트 모양의 케이크가 아니라 심실과 심방과 판막이 있는 인간의 심장을 그렸어야 했다는 것을 알아챘다. 하지만 이미 엎질러진 물이었다. 생물 선생님이 내게 자리로 돌아가라며 그런 쓸데없는 짓은 다른 데

나 가서 하라고 고함을 쳤다.

정신이 번쩍 들었다. 더구나 하슬링거 선생님이 복도에서 나를 지켜보고 있는 것을 보자 정신이 더 번쩍 들었다. 정말 다섯째 시간이 되자 하슬링거 선생님이 교실 안으로 들어왔다. 선생님 모습은 말이 아니었다. 적어도 10킬로그램은 빠진 것 같았다. 더구나 간질환으로 얼굴색이 노랬다.

하슬링거 선생님이 교탁 옆 의자에 앉았다. 전에는 수업 시간에 늘 서서 수업을 했는데.

"자, 다시 돌아왔습니다."

선생님이 말했다.

아마 선생님은 우리가 그 말을 듣고 기뻐할 거라고 생각한 모양이었다. 그렇지만 젊은 임시 선생님이 아주 재미있었기 때문에 우리들 가운데 기뻐한 사람은 아무도 없었다.

"쉐스탁 군, 내가 없는 동안 진도가 어디까지 나갔는지 말해 봐요."

하슬링거 선생님이 티투스한테 말했다.

티투스가 대답하려고 자리에서 일어섰다. 그렇지만 베르티가 먼저 끼어들었다.

"선생님, 볼피의 숙제하고 서명은요?"

베르티 녀석을 죽여 버리고 싶었다. 나쁜 놈! 하지만 하슬링거 선생님은 무슨 말인지 영문을 모르겠다는 표정을 지었다. 마치 숙제와 서명이 무슨 말인지 애써 기억해 내려는 사람처

154

럼 보였다.

"선생님께서 오늘 학교에 나오실 줄 몰랐습니다."

내가 자리에서 일어나 말했다.

하슬링거 선생님이 "아하, 그거!" 하고 말했다. 그리고 나를 바라보며 말을 이었다.

"귀군이 수학 과목에 지진아가 아니고 대단히 우수하다는 걸 젊은 선생님한테 들어서 알고 있어요. 호껠만 군, 이리 나와 내게 한번 보여 줘요."

티투스가 얼른 자리에 앉았고 나는 칠판 앞으로 걸어나가 끝나는 종이 칠 때까지 수학 문제를 풀었다.

실수를 딱 한 번 하기는 했지만 그건 아주 사소한 것이었다.

계산을 하면 할수록 하슬링거 선생님의 얼굴색이 점점 더 노래지고 고통스럽게 일그러져 갔다.

"호껠만 군, 지리 자료실로 나를 잠깐 따라오세요."

종이 울렸을 때 선생님이 내게 말했다.

나는 하슬링거 선생님을 따라 지리 자료실까지 갔다. 선생님은 수업이 없을 때면 늘 그 곳에서 지냈다. 다른 선생님들이 있는 교무실에는 절대로 가지 않았다.

하슬링거 선생님은 커다란 지구본을 잡더니 빙그르르 돌렸다.

"내가 없는 동안 실력이 많이 나아졌군요. 아주 많이 향상되었어요. 난 이제 나이도 많고, 병까지 걸렸어요. 그리고 한 반

155

에 37명이나 되는 학생들도 내게는 너무 많아요. 나도 전에는 아주 재미있는 교사였지요. 이제는 학생 개개인 모두에게 신경을 써 줄 수가 없어요."

'하슬링거 선생님, 저는 선생님이 제게 신경을 너무 안 써 주신다고 생각한 적은 한 번도 없었어요.'

나는 마음속으로 생각했다. 선생님이 지구본을 다시 빙그르르 돌리더니 말을 이었다.

"자, 호겔만 군, 귀군이 나를 이해해요. 젊은 선생님은…… 요즘이야 교육 방법도 좋아졌고…… 하지만 귀군이…… 물론 난 귀군에게……."

교육 방법이 정확히 무엇인지 이해가 잘 되지 않았다. 그렇지만 말뜻은 이해할 수 있을 것 같았다. 선생님이 무척 난처해 하고 있었다. 하슬링거 선생님은 내가 젊은 선생님 덕분에 비로소 수학을 잘할 수 있게 되었다고 생각하고 있었다. 그런 내가 당신 밑에서는 수학을 못했다는 것이 도무지 이해가 되지 않는 모양이었다.

나는 누나와 함께 날마다 몇 시간씩 수학 문제를 열심히 풀었다고 했다.

"아, 그랬군요!"

선생님의 얼굴에 피곤기가 싹 가셨다.

"누나와 함께! 그것도 하루에 몇 시간씩이나! 그것 보세요, 그것 봐요, 호겔만 군! 노력 없는 성공은 없습니다."

선생님이 다시 지구본을 빙그르르 돌렸다.

나는 계속 거기에 있어야 할지, 아니면 그만 나가야 할지 몰라 머뭇거렸다. 그래서 물어보려고 하는데 하슬링거 선생님이 먼저 내게 물었다.

"내 밑에서 지리 자료실 정리 책임자로 일해 보지 않겠어요?"

나는 지구본의 먼지를 털어 내고 지도를 말아 놓는 일은 하기 싫었기 때문에 책임자 같은 것을 맡고 싶지 않았다. 하지만 그런 명예로운 자리를 맡지 않겠다고 거부할 수도 없었다. 그래서 "아 네, 네. 하겠습니다."라고 말했다.

하슬링거 선생님은 내게 지도를 올바르게 말아 두는 방법, 지구본의 먼지를 조심스럽게 닦아 내는 방법, 괘도들이 손상되지 않게 상자 안에 잘 놓아두는 방법 들을 일일이 가르쳐 주었다.

그러면서 선생님은 이제까지 지리 자료실 정리 책임을 맡은 학생이 아주 깨끗하고 정갈하게 정리해 주어서 좋았지만 집이 너무 멀어 불편해했다고 말했다. 더구나 그 학생이 집에 타고 가는 기차의 출발 시간이 앞당겨졌기 때문에 지구본을 청소하다가 기차를 놓치기 일쑤였다는 거였다.

"호겔만 군, 귀군도 설마 차로 통학을 하고 있는 건 아니겠지요? 안 그래요?"

하슬링거 선생님이 나를 바라보며 불쑥 물었다.

"저요? 아니요, 아니요!"

나는 더듬거리며 대답했다.

"집이 학교에서 먼가요?"

"아뇨, 저기 골목 어귀만 돌면 나오는 교회당 옆에 사는걸요."

"아니, 이런 우연이 있나! 나도 그 근처에 사는데."

선생님이 반색을 하며 말했다.

나는 비몽사몽 중에 자료실을 빠져나오며 생각했다.

'선생님은 내가 어디에 사는지도 모르고 있잖아! 내가 누구인지도 알아보지 못했어. 하슬링거 선생님은 내게 교사로서의 당연한 노여움만 느끼고 계셨던 거야.'

만약 아버지에 대한 걱정만 없었더라면 행복하다고 느낄 수도 있는 날이었다. 어쨌든 기분이 한결 나아진 것은 사실이었다. 교실로 가서 가방을 갖고 밖으로 나왔다. 교실에는 아무도 없었다. 하슬링거 선생님과 면담이 길어졌기 때문이었다.

나는 3층 계단을 날다시피 내려가 계단 끝에 있는 어느 성인의 흉상에 고개를 숙여 인사했다. 그리고 학교 앞 강당에서 큰소리로 "야아아아아!" 하고 소리쳤다.

난로에 불을 지피고 있던 관리인 아저씨가 달려왔다.

"그렇게 소리치는 것을 보니 화가 단단히 난 모양이로구나?"

아저씨가 내게 물었다.

"천만에요, 사람들이 흔히 생각하는 것처럼 학교가 그렇게 나쁜 곳은 아니에요."

그러자 아저씨는 내가 학교에서 청소나 하고 난로에 불 지피는 일을 직접 해 본다면 학교가 얼마나 재미없는 곳인지 금방 알 수 있을 거라고 했다.

누나가 교문 앞에서 나를 기다리고 있었다. 아버지가 집에 안 돌아왔을 것 같은 두려운 생각이 들어 집에 혼자 가고 싶지 않았기 때문이다. 나는 하슬링거 선생님과 나 사이에 일어났던 일을 말해 주고 싶었지만 누나와 함께 열심히 뛰느라 미처 말할 시간이 없었다. 보통 때 같으면 학교에서 집까지 가는 데 못해도 12분 정도 걸리는데 이 날은 겨우 7분 만에 집에 도착했다.

*이 장에서 라부가 씨와 리브카 씨가 등장한다. '그렇게 말한다', '그렇게 말했다', '그렇게 생각한다'라는 말을 계속 쓰지 않기 위해 희곡 형식을 빌렸다. 하지만 처음엔 편서문으로 시작한다.


14


집에 도착하기까지 딱 7분이 걸렸다.

"아빠를 모시고 올 거야."

어머니가 대문 앞에 서서 우리를 보자 대뜸 말했다.

"누가 모시고 오는데요?"

누나와 내가 동시에 물었다.

어머니는 정신이 없는 듯 당신도 잘 모르겠다고 하면서 엄지 손톱을 깨물었다.

"리브카 아저씨와 라부가 아저씨가 아빠를 모셔 올 테니 아무 걱정 말라고 전화했어."

닉이 말했다.

"아빠에겐 안정이 필요하다는 말도 했지. 리브카 씨와 라부가 씨가 그렇게 말했어. 그 말뿐, 다른 말은 전혀 안 하더라."

엄마가 말했다.

그 때 자동차 한 대가 우리 집 앞에 멈춰 섰다. 리브카 씨와 라부가 씨가 차에서 내렸다. 리브카 씨와 라부가 씨는 아버지의 직장 동료들로 나도 오래전부터 알고 있는 사람들이다. 리브카 씨는 재미있고, 라부가 씨는 성격이 좀 이상한 사람이다. 두 사람이 자동차에서 아버지를 끌어냈다. 아버지는 얼굴색이 창백했고 얼굴에 무엇인가에 할퀸 자국이 붉게 몇 군데 나 있었다. 리브카 씨와 라부가 씨가 아버지를 부축해 주었다. 그들은 아버지를 가운데 놓고 아버지의 팔을 자기들의 어깨 위에 감았다. 그렇게 하고 그들이 아버지를 거실의 긴 소파까지 부축했다. 어머니는 앞서거니 뒤서거니 하면서 그들을 도와주었다.

아버지는 소파 위에 벌렁 드러누웠다. 어머니가 아버지의 외투와 양복저고리와 신발을 힘겹게 벗겨 냈다. 그리고 담요로 아버지를 덮어 주었다.

"뭘 좀 마시겠어요?"

어머니가 아버지를 보며 물었다.

"아니면 머리에 찜질을 해 드릴까요?"

벌써 깊이 잠이 든 아버지는 아무 대답도 하지 않았다. 코까지 골면서 간간이 신음 소리를 낼 뿐이었다.

어머니가 리브카 씨와 라부가 씨한테 잠시 쉬었다 가라며 자리를 권했다. 어머니, 할아버지, 라부가 씨와 리브카 씨는 의자에 앉았고 마르티나 누나와 나는 바닥의 카페트 위에 앉았다. 그리고 닉은 자고 있는 아버지의 발치에 앉았다. 닉은 하울리카 씨가 정원에서 일광욕을 할 때 그 옆에 앉아 있는 개처럼 보였다. 또 어떻게 보면 아기 침대 위에 걸린 교회 달력에 나오는 천사처럼 보이기도 했다.

닉이 아버지 곁을 열심히 지키고 있는 것이 우리에게는 오히려 다행스러웠다. 그렇지 않으면 그 애가 우리 식구끼리만 알아야 할 쓸데없는 말들을 리브카 씨와 라부가 씨 앞에서 늘어놓을 수도 있기 때문이다.

어머니가 리브카 씨와 라부가 씨한테 도대체 무슨 일이 일어났느냐고 물으며 위스키를 한 잔씩 권했다. 라부가 씨는 자동차를 몰고 왔기 때문에 술은 마시지 않겠다고 했다. 그래서 어머니가 콜라를 한 잔 갖다 주었다. 하지만 라부가 씨는 결국 위스키를 마시고 콜라는 그대로 두었다.

이제부터 리브카 씨와 라부가 씨가 우리에게 해 준 말들을 적을 생각이다.

그들이 이야기를 하는 동안 아버지가 간간이 신음 소리를 토해 낸 것은 무시하기로 한다. 그런 아버지에게 닉이 담요를 잘 덮어 주었던 것과 라부가 씨가 과자 한 통을 다 먹어치웠다는 것도 굳이 설명하지 않겠다. 그리고 이야기 중간 중간에 "어머나 세상에, 어머나 세상에!"라는 말을 연발했던 어머니의 말도 적지 않기로 한다.

## 직장 동료 리브카 씨와 라부가 씨의 보고

(리브가 씨는 키가 작고 말랐으며 라부가 씨는 키가 크고 역시 말랐다.)

라부가 : 그러니까 사모님, 얘기가 조금 복잡해요. 오늘 아침 9시에 서류를 갖고…….

리브카 : 라부가 씨, 어제 저녁 일부터 이야기해야 할 것 같은데요.

라부가 : 아, 그렇군요. 리브카 씨는…… 그러니까 내 말은 리브카 씨가 언제나 나보다 더 정확하더군요…….

리브카 : 어제 퇴근 무렵만 해도 호겔만 과장님은 기분이 상당히 좋은 편이었어요.

라부가 : 그랬어요. 정말 그랬죠. 그건 저도 동의합니다. 호겔만 과장님이 제게 농담도 한걸요. 아주 재미있는 농담이었어요.

리브카 : 과장님은 곧장 집으로 가신다고 했어요. 하지만 그러시지 않았던 것 같아요. 30분 만에 다시 회사로 오신 걸 보면 말입니다.

라부가 : 하지만 어제는 그 사실을 몰랐어요. 뵈크 수위 아저씨가 오늘 말해 줘서 알았으니까요. 어쨌든 오늘 아침 복잡한 교통사고 건이 있어서 호겔만 과장님

방에 찾아갔는데 방에 안 계시더라고요. 과장님 밑에서 일하는 카스파렉 부인이 호겔만 과장님이 아직 안 나왔다고 하더군요. 그린데 제가 교통사고 건 때문에 과장님의 책상에서 서류를 하나 꼭 꺼내 가야만 했거든요. 그런데 막상 찾으려는 서류는 찾지 못했어요.

리브카 : 라부가 씨, 그만하세요! 사모님한테 그런 말까지 다 할 필요는 없잖아요. 중요한 건 과장님의 모자와 외투가 사무실 안에 있는 것을 라부가 씨가 보게 된 거예요.

라부가 : 그것을 보고 카스파렉 부인과 난 이상하다고 생각했죠. 그래서 참 이상하다고 하고 있는데 전화벨이 울렸어요. 전화를 건 사람은 뵈크 수위 아저씨였고요. 수위 아저씨는 어제 저녁 호겔만 과장님이 가지고 갔던 비상 열쇠 뭉치를 반납하라고 하더군요. 그 말을 들은 카스파렉 부인과 난 도무지 이해가 되지 않았어요.

리브카 : 카스파렉 부인과 라부가 씨가 나를 찾아와 내게 그런 사정을 이야기해 주었지요. 우리는 함께 뵈크 씨를 찾아가 물어보기로 했어요. 그래서 어제 저녁 호겔만 과장님이 직원들이 다 퇴근하고 난 이후에 다시 나타나 사무실에 들어가야 한다고 했다는 사

실을 알게 되었죠. 과장님이 처음에는 사무실로 가
더니, 곧 다시 내려와 지하실로 가는 열쇠 뭉치를
빌아 샀나는 거예요.

라부가 : 뵈크 씨는 과장님이 아주 심기가 불편해 보였고 몹
시 분개하는 것 같아서 꼭 병이 날 것처럼 보였다
고 하더군요. 그리고 과장님이 이상한 말을 중얼거
렸다고 했어요. 뭐라고 했다더라?

리브카 : "파헤치고 말겠어!"라고 했대요.

라부가 : 그래서 뵈크 씨가 무엇을 파헤칠 생각이냐고 물었
답니다. 그러자 과장님이 아주 이상한 눈빛으로 바
라보더래요.

리브카 : "뵈크 씨, 아주 끔찍한 사기 행각의 꼬투리를 잡은
것 같아요."라고 말했다는 거예요.

라부가 : 그런 다음 과장님이 지하실 열쇠 뭉치를 갖고 지하
실로 갔고 뵈크 씨는 꽃에 물을 주기 위해 자리를
떴답니다. 뵈크 씨는 꽃을 무척 좋아하거든요. 꽃
에 물을 주고 돌아온 뵈크 씨는 호겔만 과장님이
이미 퇴근을 했고 실수로 열쇠를 갖고 간 걸로 생
각한 거죠. 어쨌든 뵈크 씨는 지하실에 대해서는
신경을 쓰지 않은 겁니다. 하지만 저는 호겔만 과
장님이 매사를 정확히 처리하는 분이라고 뵈크 씨
한테 말했죠. 지하실 열쇠를 주머니 속에 넣고 귀

가하거나 모자와 외투를 사무실에 벗어 둔 채 잊어
버리고 갔다가 다음 날 회사에 나오는 일은 절대로
하지 않을 분이라고요.

리브카 : 그 때 카스파렉 부인이 비명을 지르면서 혹시 어제
저녁에 호겔만 과장님이 지하실에서 뇌진탕을 일
으킨 게 아니냐고 하더군요. 라부가 씨와 뵈크 씨,
카스파렉 부인과 제가 지하실로 달려가 보았어요.
지하실 문이 약간 열려 있었어요.

라부가 : 좀 과장 같지만 정말 눈뜨고 볼 수 없는 아수라장
이더군요. 아주 으스스했어요.

리브카 : 커다란 서류함이 쓰러져 있었고 선반 위에 있던 서
류들은 몽땅 바닥에 흩어져 있었으며 너덜너덜하
게 찢겨진 종이들이 사방에 너저분하게 널려 있었
어요.

라부가 : 그리고 뭔가 바스락거리는 소리도 나고 삐거덕거
리는 소리도 나서 으스스했지요.

리브카 : 종이에서 바스락거리는 소리가 날 수도 있어요. 그
건 별로 특이한 일은 아닌 것 같은데요.

라부가 : 이것 보세요, 리브카 씨. 난 벌써 40년 전부터 종이
를 만지며 살고 있어요. 종이에서 보통 때 어떤 소
리가 나는지는 내가 잘 알고 있다고요. 지하실에서
나던 그 소리는 정상적인 소리가 아니었어요. 아주

이상한 소리였죠.

리브카 : 혹시 생쥐가 찍찍거리는 소리를 들으셨는지도 모
　　　　르죠. 시하실에는 분명히 쥐가 있었을 테니까요.
　　　　대부분의 서류들이 너덜너덜했거든요.

라부가 : 어쨌든 제가 서류 더미 위를 걸어서 들어갔죠. 걸
　　　　기가 꽤 힘들었어요. 산처럼 쌓인 서류 더미에서
　　　　잘게 부서진 종이 먼지들이 흩날렸거든요. 그렇게
　　　　안으로 들어가면서 내가 "호겔만 씨, 호겔만 씨!
　　　　계십니까?"라고 했죠. 그 때 신음 소리가 들렸어
　　　　요. 등골이 오싹해지더군요. 정말 소름이 쫙 끼쳤
　　　　어요!

리브카 : 그렇게 해서 라부가 씨가 과장님을 발견하고 과장
　　　　님을 찾았다며 우리들을 불렀어요.

라부가 : 그랬죠! 제가 발견한 거예요. 정확히 말하자면 전
　　　　호겔만 과장님의 발만 보았어요. 산더미처럼 쌓여
　　　　있는 서류 더미 밑에 발이 나와 있었거든요. 그것을
　　　　보고 제가 호겔만 과장님이 맞느냐고 물었죠. 그러
　　　　자 서류 더미 밑에서 신음 소리가 크게 났어요.

리브카 : 그렇게 우리들이 호겔만 과장님을 서류 더미 밑에
　　　　서 구출해 낸 거예요. 과장님은 의식은 잃지 않았
　　　　지만 몹시 흥분한 상태였고, 무슨 이유에서였는지
　　　　입 안 가득 종이 조각들을 물고 계셨어요. 우리가

그 종이들을 끄집어냈죠.

라부가 : 그런데 호겔만 과장님이 이상한 말을, 정말 아주 이상한 말을 했어요. 어쩌면 과장님이 환청을 들었던 것 같아요. "황제는 정말 없어. 모두 미쳤어. 황제는 진짜 없어."라고 하시던걸요.

리브카 : 그리고 계속 "사기야, 사기! 사기!"라고 중얼거리며 긴 한숨을 토해 냈어요.

라부가 : 그런데 우리가 호겔만 과장님을 막 끄집어내려는데 끔찍한 일이 벌어졌어요. 카스파렉 부인이 갑자기 아주 소름끼치는 비명을 지르는 거예요.

리브카 : 부인이 뭔가에 물렸어요. 정확히 무엇이었는지는 알 수 없었지만 정말 물렸어요. 카스파렉 부인이 서류들 밑에서 발을 꺼냈죠. 정말 뭔가에 물려 피범벅이었어요. 카스파렉 부인이 외마디 비명을 지르고 뒤뚱거리며 지하실을 빠져나갔지요.

라부가 : 바닥에 서류 뭉치들이 잔뜩 있어서 걷기가 무척 힘들었거든요. 아무튼 호겔만 과장님을 끌고 지하실을 나왔는데 과장님이 계속 이상한 말을 중얼거렸어요.

리브카 : "빨리, 빨리! 안 그러면 다시 그들이 쳐들어올 거예요. 여러분, 어서요! 그 짐승들, 짐승들이 다시 온다니까요!" 하고 외쳐 대더군요.

라부가 : 지하실에서 나오고 나자 과장님은 긴 한숨을 내쉬
며 하마터면 큰일 날 뻔했다고 말했어요. 그러고는
기절해 버리더군요.


여기까지가 라부가 씨와 리브카 씨가 우리에게 들려주었던
이야기의 전부다.

이야기를 하면서 그들은 위스키를 한 잔씩 더 마셨고 마지
막 남은 과자까지 깨끗이 먹어치웠다. 그리고 그들은 사건이
이렇게 된 것 같다고 우리에게 부연 설명까지 했다.

아버지가 자동차 보험에 관련된 모종의 사기 사건에 대한
낌새를 알아채고 다시 사무실로 가서 지하실에 있는 옛날 서
류들을 살펴보려고 했는데 속이 메스꺼워 기절을 한 것 같다
고 말이다. 그런데 하필 쥐들이 나타났고 다시 의식을 되찾은
아버지가 쥐들을 보고 아주 끔찍한 짐승으로 착각해 큰 충격
을 받은 것 같다는 거였다.

다만 안타까운 것은 공명심 많은 아버지가 모종의 사건을
파헤치고 있다는 사실을 동료들에게 털어놓지 않아서 미리 발
견하지 못한 점이라고, 라부가 씨가 섭섭한 표정으로 말했다.

어머니도 정말 안타까운 일이라며 그의 말에 금방 수긍해
주었다. 그리고 우리들은 쥐들이 아주 흉측한 짐승이라는 것
과, 이것은 단지 쥐 때문에 일어난 사건이었다고 리브카 씨와
라부가 씨에게 열심히 말했다.

리브카 씨는 이번 사건으로 회사가 많은 것을 배울 수 있는 계기가 되었다고 했다. 회사에서 즉시 디디티를 살포했다는 거였다. 그리고 사장님이 아버지처럼 업무에 충실하고 의욕적인 직원이 회사에 절대적으로 필요하다는 말과 푹 쉬고 다시 건강한 모습으로 만날 수 있기를 바란다는 말을 전해 달라고 했다는 말도 했다.

리브카 씨와 라부가 씨가 갔다. 나는 라부가 씨가 손도 안 댄 콜라를 마셨다.

어차피 내일 발에 감고 있는 석고 붕대를 떼어 내면 글을 쓸 시간도 없을 테니 이쯤에서 이야기를 끝내는 편이 좋을 것 같다. 이 장에서는 당혹스러워하고 있는 우리들에게 닉이 어떤 도움을 주었는지에 대해 적기로 한다.

15

리브카 씨와 라부가 씨가 돌아가고 난 다음 어머니는 아버지를 찬찬히 살폈다. 그 사이 아버지의 신음 소리는 잦아들었다. 그래도 불안했던 어머니가 주치의 빈더 선생님한테 전화를 걸었다. 빈더 선생님은 우리 집에서 두어 채 떨어진 곳에 살기 때문에 금방 왔다. 의사 선생님이 아버지의 맥박과 혈압과 체온을 쟀다. 아버지는 잠시 눈을 뜨고 사방을 두리번거리다가 "천만다행이다, 집이구나!"라고 중얼거렸다. 그러고는 이내 다시 잠에 빠져들었다.

빈더 선생님은 아버지의 맥박, 혈압, 체온이 모두 정상이라고 했다. 그리고 손전등으로 아버지의 눈을 비췄다. 물론 아버지가 눈을 감고 있었기 때문에 선생님은 먼저 아버지의 눈꺼풀을 위로 올려야만 했다. 그렇게 아버지의 반사 신경을 살핀 선생님은 아버지가 뇌진탕을 일으켰던 것 같다고 했다. 아주 경미하지도 심각하지도 않고 중간 정도 된다며 절대적인 안정을 취하라는 처방을 내렸다. 그리고 머리에 찜질을 해 주는 것도 나쁠 것 같지 않다고 했다. 그렇지만 그것은 어머니가 찜질을 해 주고 싶어 한다는 것을 알고 듣기 좋으라고 일부러 말한 것 같았다. 빈더 선생님은 밖으로 나가면서 어머니에게 이렇게 덧붙여 말했다.

"바깥어른께서 아마 사고에 대해 전혀 기억을 못 하게 되실 겁니다. 뇌진탕을 일으키면 종종 그렇지요. 아마 기억의 상당 부분을 상실하게 될지 모릅니다."

"그렇다면 정말 잘됐네요."

누나가 말했다.

"왜 잘됐다는 거지?"

빈더 선생님이 깜짝 놀라며 물었다. 어머니는 별다른 뜻이 아니라며 급히 얼버무렸다. 할아버지는 싱긋 웃는 모습을 들키지 않기 위해 손수건을 입에 대고 헛기침을 했다. 빈더 선생님은 마지막으로 한마디 더 하고 떠났다.

"바깥어른이 다시 깨어나시면 가능한 한 질문을 삼가야 합니다. 방은 어둡게 하고요. 부드럽고 친절하게 대해 주셔야 합니다. 안정이 필요하니까요."

할아버지가 가족회의를 열자고 제안했다. 아버지도 방해받지 않고, 우리도 우리끼리만 있기 위해 우리는 모두 부엌으로 갔다. 우리 모두 무엇에 대한 회의를 할 것인지 정확히 알고 있었지만 선뜻 먼저 입을 여는 사람은 없었다. 한참 뒤에야 할아버지가 운을 뗐다.

"자, 너희 아버지가 다시 돌아왔다! 이제 괜찮아진 거야. 아범은 곧 다시 건강해질 거다. 하지만 아범이 건강을 되찾기 전에 우리가 먼저 처리해 두어야 할 일이 있지."

닉은 우리가 무슨 회의를 하려고 하는지 감을 잡지 못한 듯 이렇게 물었다.

"우리가 처리해야 할 일이 뭔데요?"

"오이대왕!"

어머니가 말했다.

"오이대왕이 우리 집을 떠나야 해!"

누나가 말했고 할아버지와 나는 고개를 끄덕였다.

그렇지만 오이대왕을 어떻게 내보낼 것인지에 대해서 우리는 미처 생각해 둔 것이 없었다. 어머니는 쿠미-오리 대왕을 어떻게 해서든지 내보내야 하지만 당신은 파리 한 마리도 잡지 못하기 때문에 오이 덩어리 같은 것에 손을 댈 수 없다고 했다. 그러면서 우리가 인내를 갖고 선하게 대해야 한다는 말만 강조했다.

할아버지는 인내심과 선의만 갖고는 오이대왕을 내보낼 수 없다고 했지만 그렇다고 별다른 대안을 제시하는 건 아니었다. 그래서 우리는 내일 다시 만나 회의를 하기로 결정했다. 그리고 오늘은 아버지가 이미 거실에 누워 있으니까 아버지 방에서 나오지 못하도록 오이대왕을 당분간 가두어 두기로 했다. 우리는 아버지가 오이대왕을 다시 만나게 하고 싶지 않았다.

누나는 예쁜 옷을 꺼내 입었다. 그리고 쿠르티 슈타넥 형이 좋아하기 때문이라며 긴 앞머리를 살짝 옆으로 올렸다. 그 형을 만나 극장에 가기로 했기 때문이었다. 늦은 시간에 극장에 간 것을 아버지가 알게 되면 가만히 계실지 모르겠다며 어머니가 걱정하자 누나가 자신 있는 목소리로 말했다.

"첫째, 내일은 학교에 가지 않는 날이에요. 그러니 어차피 일찍 자지도 않을 거예요. 둘째, 저도 휴식이 필요해요. 그리고 셋째, 쿠르티는 장발도 아니란 말이에요!"

누나가 쿠르티 형의 이름을 말할 때 '쿠우우우우루티이이!'라고 길게 늘어뜨려 말하는 소리를 듣고, 나는 쿠르티 형이 알렉스 형의 다음 후계자라는 것을 느낌으로 알 수 있었다.

할아버지도 누나와 함께 밖으로 나갔다. 할아버지는 찻집에 가서 지난주에 온 외국 신문들이나 읽어야겠다고 했다. 어머니는 하루 종일 너무 흥분을 해서 쉬어야겠다며 수면제를 먹고 일찌감치 자리에 누웠다. 잠을 자러 가기 전에 어머니는 담요를 하나 더 꺼내 와 아버지를 잘 덮어 주었다.

나는 닉과 함께 부엌에 그대로 앉아 있었다. 내 방으로 가서 벌써 4주 전에 읽기 시작한 소설책을 마저 읽고 싶었지만 닉이 너무 시무룩해 보여서 그 애 혼자 두고 싶지 않았다. 닉과 장난을 치려고 했지만 닉은 장난도 받아 주지 않았다. 멍청히 앞만 바라보고 있던 닉이 불쑥 한마디 했다.

"볼피 형, 나 지금 나가야 해!"

"무슨 뚱딴지 같은 소리야! 8시 반이나 되었는데 쪼끄만 꼬맹이가 어디를 가겠다는 거야?"

"하지만 꼭 가야 해!"

"꼭 가지 않아도 돼, 이 바보야!"

닉이 화가 머리끝까지 치민 얼굴로 나를 노려보았다. 그제야 나는 내가 동생을 우격다짐으로 몰아붙이고 있는 것을 깨달았다. 마치 어른들이 하는 것처럼. 나는 사람이 아주 쉽게 다른 사람의 마음에 상처를 입힐 수 있다는 것을 느꼈다.

"미안해, 닉. 바보라고 한 말은 취소야. 너 정말 나가야 하니?"

닉이 고개를 끄덕였다.

"내가 같이 가 줄까?"

닉이 고개를 가로저었다.

"시간이 한참 걸리니?"

"아니, 15분 정도면 돼."

"정말?"

"정말이야!"

닉이 부엌을 나갔다. 나는 부엌 창문을 통해 닉이 창고로 가는 것을 지켜보았다.

닉이 장난감 유모차를 갖고 다시 나타났다. 그리고 싱크대 밑을 열더니 배낭 가득 싹이 난 감자들을 담았다. 닉은 날 쳐다보지도 않았고 나도 그 애를 보고 있지 않은 것처럼 가만히 있었다.

닉이 배낭을 들고 부엌에서 다시 나가며 부엌 문을 등 뒤로 닫았다. 나는 자리에 앉은 채 계속 기다렸다. 처음에는 아무 소리도 들리지 않았다.

약 5분쯤 지나자 집 앞에서 뭔가 삐거덕거리는 소리가 났다. 장난감 유모차의 바퀴에서 나는 소리였다. 그리고 오이대왕이 투덜대는 소리도 들렸다.

"짐, 싫다! 짐, 싫어! 짐, 여기 있고 싶다!"

"미안하지만 그건 안 돼요."

닉이 말하는 소리가 들렸다.

나는 부엌 창문을 통해 밖을 내다보았다. 밖은 캄캄했다. 불이 켜져 있는 부엌에서 새어 나온 불빛만이 대문으로 이어지는 자갈길을 환히 비추고 있었다. 그리고 그 불빛 사이로 닉이 걸어가고 있었다. 장난감 유모차를 앞세운 채.

장난감 유모차 안에는 왕관을 쓰고 배낭을 멘 쿠미-오리 대왕이 앉아 있었다.

닉의 모습이 불빛 밖으로 금방 사라졌다. 나는 창가에 앉아

시계를 쳐다보며 기다렸다. 정확히 15분이 지나자 닉이 유모차를 끌고 불빛 속으로 다시 나타났다. 이번에는 유모차 안이 텅 비어 있었다.

내가 현관문을 열어 주었다. 닉에게 아무것도 물어보지 않으려고 했지만 결국 물어보지 않을 수 없었다.

"어디로 데려다 줬니?"

"오이대왕이 내리지 않으려고 했어. 우리 집에 있으면 안 된다는 것을 이해하지 못한 거야. 화를 벌컥 내며 내게 욕도 했지. 그래서 흙 냄새가 물씬 나는 어느 집 지하실 창가에 오이대왕을 내려놓고 왔어. 오이대왕은 분명히 그 곳에서 잘살 수 있을 거야. 그렇게 내려놓고 얼른 집으로 돌아온 거야."

닉이 속삭이듯 작은 목소리로 내게 말했다.

나는 기가 막혀 말이 나오지 않았다. 닉의 얼굴을 보니 볼에 할퀸 자국이 나 있었다.

"유모차에서 내려놓으려고 할 때 나를 할퀴었어."

닉이 말했다.

나는 닉한테 "아이구, 딱하지, 우리 아기."라고 말하려다가, 그렇게 하기에는 닉이 어느새 너무 커 버렸다는 생각이 들었다. 그래서 그 대신 "어서 잠이나 자러 가자."라고 말했다.

## 글을 마치면서 한마디!

혹시 궁금해하는 사람이 있을지 몰라 밝혀 두자면, 아버지는 다시 건강해졌다. 다만 가끔 두통을 호소한다.

지금 아버지는 거실에서 누가 더 좋은 신문을 구독하고 있는지에 대해 할아버지와 열띤 논쟁을 벌이고 있다. 직장에도 다시 나간다. 아버지의 사고로 쥐에 대한 경계를 새롭게 할 수 있었기 때문에 사장에게서 칭찬도 받았다. 회사 지하실에서 아주 중요한 서류들을 간신히 꺼내 올 수 있었다고 한다.

아버지가 정말 뇌진탕을 일으켰는지는 확실하지 않다. 내가 보기에는 그렇지 않은 것 같다. 한 가지 확실한 것은 아버지가 모든 것을 아주 잘 기억하고 있다는 점이다. 그냥 아무것도 모르는 것처럼 행동할 뿐이다. 애써 기억을 더듬는 것이 별로 내키지 않는 모양이다. 하지만 난 그런 아버지를 유심히 관찰해 보았다. 침대에서 일어나 걸어다닐 수 있게 된 첫날, 아버지는 방 안을 샅샅이 뒤졌다. 옷장 문을 모두 활짝 열어 보고 서랍도 빼냈으며 침대 밑을 들여다보며 중얼거렸다.

"이 사기꾼 어디 갔지? 그 자식 어디로 간 거야? 내가 반드시 잡고야 말겠어."

그런 모습을 보자 아버지가 왠지 안됐다는 생각이 들었다. 나는 아버지 쪽으로 눈길을 주지 않고 창밖을 바라보며 지나가는 말처럼 말했다.

"닉이 오이대왕을 내쫓았어요. 아주 가 버렸다고요."

아버지는 아무 말도 하지 않았다. 그리고 긴 한숨을 내쉰 뒤 다시 침대에 누워 깊이 잠들었다.

# 익숙하다고 다 합의된 것은 아니다

독일의 문호 괴테가 이런 말을 했다. 세상을 잘 사는 방법은 '남보다 일찍 태어나고, 남자로 태어나는 것'이라고. 보통 동양에서 금과옥조처럼 여기는 장유유서의 개념이 서양에서는 강하지 않다고 여겨지는 데다가 남녀평등의 법 조항이 골동품처럼 느껴질 정도로 '레이디 퍼스트'가 만연한 서양 문화의 한 축을 이끌어 간 사람 입에서 이런 말이 나왔다는 것이 신기하다. 괴테가 이런 말을 한 것은 아주 오래 전부터 밖에 나가 식량을 구해 오던 남성 역할에 대한 존경이 동서양을 불문하고 뿌리 깊이 정착되어 있었기 때문이 아닌가 싶다.

『오이대왕』(Wir pfeifen auf den Gurkenkönig)을 읽다 보면 흔히 민주적인 분위기일 거라는 선입견을 주는 서양 가정에도 우리에게 익숙한 가부장 문화가 깊이 박혀 있음을 자연스럽게 느낄 수 있다. 그러나 한 집단의 대표에게 월등하게 많은 권리가 주어져 있을 때 서로간의 소통의 뿌리가 튼튼하지 않으면 많은 폐단이 생길 수 있음을 우리는 자주 경험하곤 한다.

세상을 살아가는 동안 오직 한 번만 경험하게 될 일이라면 만남도, 공부도, 관계도 훨씬 더 쉬워질 수 있다. 다시는 보지 않을 사람이므로 예의를 따지지 않고 이기적으로 자신의 뜻을 주장할 수 있을 것이고, 이전에 배운 공부가 죽 연계되지 않는다면 굳이 시험을 보느라 골머리를 앓지 않아도 될 것이고, 친구든 부자지간이든 관계가 연속되지 않는다면 온 세상에 욕심쟁이, 불효자들이 넘쳐날 것이다. 그런데 세상은 그렇지가 않다. 심지어 '원수는 외나무다리에서 만난다'는 말도 있다. 사실 힘 있는 사람이 마음대로 권력을 휘두르고 상대적으로 나약한 사람이 거기에 복종한다면, 외형적으로는 어떤 갈등도 없이 한동안 평온한 상태를 유지할 수 있다. 그것의 대표적인 정치 형태가 독재주의 체제다. 그러나 모든 일이 오직 독재자의 결정에 따르는 일사불란한 체제는 영원히 지속될 수 없음은 이미 역사가 증명해 보여 주었다.

한 나라를 통치하는 일과 마찬가지로 가정 안의 독재적인 권력과 의사소통 부재에 따른 오해의 심각성도 크다. 흔히 사람들이 말하는 '알고 보면 좋은 사람'이라는 표현이 가족 안에도 적용되는 경우가 많다. 한 집안에서 같이 살아가는 익숙한 사이라고 해도 서로에게 마음을 터놓고 신뢰하지 않으면 상대가 무슨 생각을 하고 어떤 오해를 하고 있는지 파악하기 쉽지 않다. 관계에서는 언제나 '알고 보면'이 중요하다. 그런데 그렇게 상대를 잘 알려면 꾹꾹 참고만 있다가 압력밥솥이 압력을 토해 내듯 어느 날 갑자기 그간의 불만을 터뜨릴 것이 아니라, 평소에 조금씩 마음을 열어 보이고 이해를 구해야 한다. 그렇지 않으면 불만이 분노가 되고, 스스로 그 분노의 포로가 될 수 있다. 『오이대왕』에서도 마음을 열고 서로를 이해하고 격려하는 과정이 제대로 이뤄지지 않다 보니 가족 전체의 관계가 점점 공허하게 되고 말았다는 것이 부각된다. 서로에게 울타리가 되고 힘이 되어 주지 못하고 속으로만 불만을 쌓아 두다가 그 피해가 결국 모두에게 돌아가게 된 것이다.

흰 도화지를 받듯이 새로운 한 해가 다시 시작된 지금, 벌써 12년 전에 발간되었던 『오이대왕』을 개정판으로 내놓을 수 있게 되어 무척 기쁘다. 국내에 청소년문고가 거의 없던 시절 사계절출판사가 사명감을 갖고 큰 소망을 담아 '1318문고' 시리즈를 출발시킬 때 역자로서 한몫을 한 필자는 그 사이 이 시리즈를 청소년문고의 대명사로 키워 놓은 사계절출판사의 노고에 경의를 표하지 않을 수 없다. 읽을 것이라고는 이른바 고전뿐이었던 독서 시장에 청소년 독자들의 갈증을 파악해 마음을 열고 접근한 사계절출판사의 용기는 독자와의 소통을 통해 독자와 출판사가 서로의 발전을 도모한 귀중한 만남의 뿌리였다.

서로를 향해 사랑의 물꼬가 트이며 결국은 이해와 소통을 통해 한 가족이 화합의 한마당으로 어우러지는 『오이대왕』이 앞으로도 오랫동안 독자의 사랑을 받아 새로운 고전으로 자리 매김하게 되기를 바라 마지않는다.

2009년 2월

유혜자

# 오이대왕

1997년 9월 10일  1판  1쇄
2009년 2월  5일  1판 24쇄
2009년 2월 15일  2판  1쇄
2024년 7월 31일  2판 20쇄

지은이 크리스티네 뇌스틀링거
옮긴이 유혜자

편집 김태희, 박찬석, 조소정 | 디자인 이혜연 | 제작 박홍기
마케팅 이병규, 김수진, 강효원 | 홍보 조민희

출력 블루엔 | 인쇄 천일문화사 | 제책 J&D바인텍

펴낸이 강맑실
펴낸곳 (주)사계절출판사 | 등록 제406-2003-034호
주소 (우)10881 경기도 파주시 회동길 252
전화 031)955-8588, 8558 | 전송 마케팅부 031)955-8595  편집부 031)955-8596
홈페이지 www.sakyejul.net | 전자우편 literature@sakyejul.com
블로그 blog.naver.com/skjmail | 페이스북 facebook.com/sakyejulteen
트위터 twitter.com/sakyejul | 인스타그램 instagram.com/sakyejul_teen

값은 뒤표지에 적혀 있습니다. 잘못 만든 책은 구입하신 서점에서 바꾸어 드립니다.
사계절출판사는 성장의 의미를 생각합니다. 사계절출판사는 독자 여러분의 의견에 늘 귀 기울이고 있습니다.

ISBN 978-89-5828-350-8 44850
ISBN 978-89-5828-473-4 (세트)